Meninos que brincaram na Lua

Fernando Molica

TINTA NEGRA

Grafia atualizada segundo o Acordo Ortográfico da Língua Portuguesa de 1990, em vigor no Brasil desde 1º de janeiro de 2009.

Editor: Sérgio França
Editora assistente: Nicole Cardoso
Editora de arte: Aline Martins
Design de capa e miolo: Juliana Pegas
Imagens da capa: Padodo/Shutterstock
Revisão: Gustavo Rocha e Letícia Côrtes

Dados Internacionais de Catalogação na Publicação (CIP) de acordo com ISBD

M721m Molica, Fernando
Meninos que brincaram na Lua / Fernando Molica.
- 2. ed. - Rio de Janeiro: Tinta Negra, 2025.
200 p. : 13,5cm x 20,5cm.

ISBN: 978-65-87370-20-0

1. Literatura brasileira. 2. Crônicas. I. Título.

2025-2294
CDD 869.8992
CDU 821.134.3(81)

Índice para catálogo sistemático:
1. Literatura brasileira 869.8992
2. Literatura brasileira 821.134.3(81)

Elaborado por Odilio Hilario Moreira Junior - CRB-8/9949

Tinta Negra Edições [marca do Grupo Editorial Zit]
Av. Pastor Martin Luther King Jr., 126 | Bloco 1000 | Sala 204
Nova América Offices | Del Castilho | 20765-000 | Rio de Janeiro | RJ
T. 21 2564-8986 | grupoeditorialzit.com.br
facebook.com/grupoeditorialzit
instagram.com/grupoeditorialzit.com.br

Impresso no Brasil/*Printed in Brazil*

Para Thaís Velloso, que
me pegou pela mão para
dançarmos na Lua.

Sumário

Cidade de Babel

Do feijão suburbano à calça do Adhemar

Pelo telefone, o cunhado ausente da feijoada negociava uma prorrogação, a possibilidade de que um tanto da comida fosse reservado para ele. Do outro lado, a anfitriã abriu o riso de teclado de sete oitavas e rebateu o pedido como se num voleio, bola que nem chegou a quicar no chão da cozinha de Oswaldo Cruz:

— Vai dar, não. Aqui em casa, missa, só de corpo presente.

Papo reto, pá-pum, bola de um lado, goleiro do outro — gol de placa, sem direito a recurso, VAR, réplica, tapetão, efeito suspensivo, delação premiada ou silêncio comprado. Resposta que desarma o interlocutor, humor que, sacado com rapidez de mocinho de faroeste ou de ninja de filme asiático, ameniza dramas e tantas durezas. Como aquele taxista que, após revelar morar perto de uma boca de fumo, tentava tranquilizar o assustado passageiro:

— Tem problema não, doutor. É uma boca pequena, uma boquinha banguela.

Ou como o outro, que, ao volante de um Uber, pressionado por um motorista que, metro a metro, insistia em fechar seu caminho e lhe negar passagem, abriu o vidro do carro e disparou:

— Ô, mermão, você quer me tirar pra dançar?

Bailemos, pois. Comemoremos a resposta que se impõe como verso de partideiro, folha seca de Didi, paradinha de bateria — patrimônios imateriais cariocas que impedem uma rendição absoluta à verborragia das frases-feitas, ao lugar-comum dos operadores de telemarketing, às promessas de governantes, à mesmice dos discursos em casas legislativas.

Mesmo o parlamento foi palco de debates mais divertidos. Como na vez em que, comparado a um purgante, o então deputado Carlos Lacerda revidou: "E Vossa Excelência é o resultado do purgante". Em outra ocasião, chamado de "ladrão da honra alheia", o mesmo Lacerda fulminou: "Então não tenho o que roubar de Vossa Excelência". Até a direita brasileira já foi mais talentosa e divertida.

Em meio a tantos profetas e verdades absolutas, melhor é cultivar o que torna a vida menos dura e mais suportável, frases e jeitos que relativizam poderes que se julgam incontestáveis. Levanto um brinde aos que ressaltam a nudez do rei; ao anônimo que, ao ouvir o então governador de São Paulo, Adhemar de Barros, gritar que, no bolso de sua calça, não havia um centavo do dinheiro do povo, retrucou: "Calça nova, né, Adhemar?" — meu vô Almiro, de Viçosa, adorava essa história.

Um trem para a burocracia

— Moço, esse vagão vai lá pro andar do IPTU?

Na entrada de um elevador dentro de um shopping carioca, fiquei surpreso pela pergunta a mim dirigida por um homem idoso, baixo, acompanhando de uma mulher com as mesmas características. Em pleno século XXI, na segunda maior cidade do país, ex-capital federal, havia um casal que chamava um elevador de "vagão", uma referência óbvia ao trem.

Antes de terminar de sair do elevador, ele, com ar de perdido, tentou uma última vez conferir a repartição da prefeitura, ficava mesmo no andar onde há pouco estivera?

Expliquei que eu iria para o mesmo lugar, que nunca passara antes por lá, mas que fora instruído a pegar o elevador, saltar no tal andar e procurar o escritório da prefeitura; também tinha que resolver algo relacionado ao IPTU. Sugeri que me acompanhassem.

Dentro do elevador, ele deu a entender que buscavam algo simples, a emissão da guia para o pagamento do imposto. Há alguns anos a prefeitura do Rio parou de enviar o carnê para os contribuintes, obrigados desde então a baixá-lo na internet, uma ação muito distante do universo daquele casal.

Ele ainda reclamou que não seria possível quitar uma parcela do imposto no escritório da Secretaria Municipal de Fazenda a que nos dirigíamos, mas no "Santo André". Encasquetei com a referência, não há bairro no Rio com esse nome. Depois é que entendi: ele se referiu a um banco, ao Santander.

Educado, demonstrando desconforto por estar num shopping cheio de gente, de luzes e de códigos para ele incompreensíveis, o homem me seguiu até a sala indicada pela placa "Prefeitura" — uma combinação de letras que, minutos antes, os dois não haviam conseguido decifrar.

Na sala, sinalizei para que passassem à minha frente — chegaram primeiro ao shopping, afinal. Diante do único funcionário, a mulher demorou alguns segundos para encontrar um papel dentro da bolsa de compras, isso gerou uma breve preocupação de seu acompanhante. Ele sugeriu que eu fosse atendido antes; não queria incomodar ninguém.

Ela encontrou o papel, conversou sobre o vencimento das primeiras parcelas com o atendente, resolveu o que tinha que resolver. O funcionário da prefeitura ainda conferiu se o endereço deles estava certo, rua 24 de Maio, uma espécie de avenida bem movimentada que corre ao lado da linha do trem e que liga parte da Zona Norte a alguns subúrbios.

O casal deve, portanto, morar numa área urbana do Rio, mas conserva características de habitantes da zona rural. Tinham aquele jeito de se sentirem deslocados num universo estranho e mesmo agressivo. Pareciam ilustrar o "Lamento sertanejo" de Dominguinhos e Gilberto Gil, reses desgarradas que vivem contrariadas numa cidade que lhes é agressiva, misteriosa, que lhes exige esforço até mesmo para cumprir a obrigação de pagar impostos.

Dois brasileiros que, em meio à modernidade forçada de um shopping, fazem com que nos lembremos de um país pobre, injusto, de alfabetização precária e que a cada dia parece ampliar o fosso entre seus cidadãos. Ali, perdidos, não escondiam a vontade de resolverem logo aquela chatice e pegarem um vagão para sua casa, para seu tempo, para suas histórias.

A chuva de porco-espinho

O Brasil é imbatível, humilha qualquer ficção, faz picadinho do realismo mágico de Gabriel García Márquez. Nem os ditos populares escapam, o sujeito que criou a expressão "chovendo canivetes" jamais pensou que, um dia, pudesse chover porco-espinho.

Foi o que aconteceu com a Sandra Nabuco Rocha de Paula. Moradora da Gávea, ela levou o cachorrinho pra passear e recebeu na cabeça uma espécie de versão MMA de acupuntura: um porco-espinho, animal que achei só existir em desenhos animados, desabou sobre ela. O bichinho se desequilibrara ao caminhar sobre cabos de eletricidade.

Porco-espinho praticante de *slackline*, nem em desenho animado (imagino o dito-cujo segurando, com suas patinhas dianteiras, aquela vara usada para garantir o equilíbrio). A Sandra ficou com uns 300 espetos na cabeça, um arranjo de dar inveja ao Cebolinha, que tem meia dúzia de fiapos.

Não pode ser descartada a hipótese de o incidente da Gávea ser um — mais um! — sinal do fim dos tempos: fomes, guerras, terremotos, queda de estrelas, eclipse, cavalos e cavaleiros ensandecidos, multidões vestidas de amarelo, rádios monopolizadas pelo sertanejo universitário, e uma tempestade de porcos-espinhos.

Em meio à possibilidade de um temporal de agulhas naturais, vale recorrer ao conselho de um amigo, o Severino Albuquerque, ex-colega de redação e mestre em administrar perdas e ganhos. Diante de uma crise inevitável, ele recorria a uma impublicável metáfora pluviométrica que envolve órgãos genitais masculinos e a introdução preventiva de um deles em determinada parte recôndita do corpo humano.

Devidamente adaptada, seria algo mais ou menos assim: na hora em que você notar que vai chover porco-espinho, aproveite os primeiros pingos e ponha a cabeça na direção de um filhotinho em queda. Depois, grite que seu cocuruto já está ocupado — seria uma tentativa de evitar o temporal de espinhos maiores.

A hinterlândia de cada um de nós

Meu Rio também é calçada revestida de caquinhos de ladrilho, churrasquinho na rua, pipa no céu e leite de onça. É coreto de Carnaval, Tricolor Suburbano, Fera da Penha, Norte Shopping, doces no Dia de Cosme e Damião, Ponto Chic, bola de gude e bolo salgado.

Carioca de Irajá, o compositor e escritor Nei Lopes pôs no papel histórias, monumentos, personagens e tradições de um subúrbio que vinha perdendo a memória. É só reparar: há pilhas de livros que tratam de bairros da Zona Sul, quase não existe quase nada sobre Méier, Piedade, Cascadura, Quintino ou Bangu.

Com seu *Dicionário da hinterlândia carioca*, Nei recolocou nos trilhos o trem de nossa história. No livro, Zepelim não é um antigo bar de Ipanema, mas o dirigível que, na década de 1930, ligava o Rio à Alemanha e descansava num hangar de Santa Cruz; o Piraquê do *Dicionário* não tem a ver com o clube da Lagoa, trata-se do apelido de um ex-mestre-sala dos ranchos Flor do Abacate, União da Aliança e Mimosas Cravins.

Das páginas, surgem os clubes Renascença, River, Garnier e Cassino Bangu; emergem personagens como Lourenço Madureira, Tia Vicentina, Joel Santana, Rouxinol Suburbano e o violonista Meira — cada um deles recebeu do autor uma pequena e merecida estátua de papel e tinta.

O livro reza nas igrejas da Penha, de São Jorge e Divino Salvador; ora no Templo da Assembleia de Deus na rua Carolina Machado; bate cabeça no Terreiro de Seu Sete da Lira e no Candomblé do Bate-Folha. Ecumênicos, seus verbetes reúnem pedaços dispersos da cidade, convocam para uma grande festa de reencontro.

O trabalho de Nei Lopes ajuda a lembrar que a cidade não pode ser feita de exclusões e de condomínios fechados; ressalta que mitos, monumentos e personagens não são menos nobres só por terem nascido longe do mar. Num momento em que o Rio tenta fazer cicatrizar antigas feridas, é fundamental mostrar que cada esquina tem sua história, seu motivo de orgulho. O *Dicionário* faz com que nossa hinterlândia — palavra que define uma região afastada — fique ainda mais perto e gera nos leitores a desconfiança de que nosso centro mora no subúrbio.

A extinção do leite das onças

Pressionadas talvez pelos desmatamentos, incêndios florestais e passagem das boiadas, as mamães-onças parecem ter reduzido de forma drástica a produção de seu leite, outrora presença marcante e infalível em festas suburbanas.

A busca de um presente para um amigo cinco estrelas fez com que, há alguns dias, eu empreendesse uma caçada virtual a uma garrafa de leite de onça — saí pela internet em busca de pegadas que me levassem ao encontro de alguma reserva do produto num raio de, digamos, dez quilômetros a partir da minha casa.

A procura da batida perfeita foi inútil. Pra piorar, ainda ouvi de uma fabricante de uma versão moderna desse tipo de bebida uma variante da pergunta tão ouvida por paleontólogos sobre um determinado e desconhecido tipo de dinossauro: "Mas o que é 'leite de onça'?"

A pergunta teve o impacto de asteroide que atravessasse a atmosfera do sábado e ameaçasse destruir a vida que ainda resiste nas memórias de antigas comemorações em Piedade. Recordações difusas nas quais pontificam garrafas transparentes, sem rótulos, coloridas por substâncias leitosas — uma levemente amarronzada, característica do leite de onça, e a cor-de-rosa, repleta de outra campeã dos balcões revestidos de fórmica azul, a calcinha de nylon. A adição de groselha dava o tom róseo que garantia doses adicionais de doçura e fantasia àquela mistura de cachaça e leite condensado.

Eram tempos de restrições severas à importação de bebidas como uísque, então só disponível nas melhores casas do ramo e nas mãos dos piores contrabandistas. O custo elevado de cada garrafa trazida do exterior favorecia a proliferação de versões brasileiras e paraguaias do destilado escocês e de gororobas líquidas como um negócio chamado licor de ovos. Este, uma espécie de subproduto da guerra suja deflagrada pela ratatia química abrigada em laboratórios clandestinos nos porões da ditadura.

Em meio à carência, a batida servia de alternativa alcoólica à onipresente cerveja. A paleta de cores dos preparados e a presença abusiva de açúcar davam um certo ar infantil àquela bomba de cachaça: é docinha, ressaltavam os tiozões que permitiram até que crianças bicassem aquelas aparentemente inocentes misturas.

Diante da pergunta sobre o que seria leite de onça, vacilei. Na resposta, murmurei algo sobre a adição de leite de coco e cacau ou pó de chocolate à cachaça e ao leite condensado, fiquei por aí, tratei de encerrar a conversa. Intuí que uma fadinha de collant de oncinha e boca borrada de carmim morreria de tristeza em algum cabaré interiorano a cada questionamento sobre a existência de um drinque outrora tão popular.

Desisti do presente original, tratei de comprar garrafa de batida de coco para presentear o amigo. No cartão anexado ao mimo, tratei do sumiço das onças e do seu leite e exaltei Ary Barroso — o coqueiro, alvíssaras, ainda dá fruta.

A rua e o olhar

Cid Pacheco, publicitário que foi meu professor na UFRJ, costumava acentuar o privilégio dos nenéns que, nascidos em Paris, eram levados para passear na Avenue des Champs-Elysées. Dizia que, deitados em seus carrinhos, aqueles bebês tinham, de um ângulo privilegiado, uma experiência estética que os marcaria para o resto da vida.

Desde pequenos, eram acostumados com o equilíbrio da paisagem majestosa, formada por árvores e prédios dispostos de maneira regular e harmônica ao longo de uma avenida larga e comprida que tem como alegoria final o Arco do Triunfo, marco que ressalta a perfeita simetria de um conjunto elegante e preciso como o futebol do marselhês Zidane.

Nascido em Quintino e criado em Piedade, minha Champs-Elysées foi a Belmira, ruazinha que nasce na José Mariano, escala uma ladeirinha e vai morrer, 350 metros depois, na avenida Suburbana. Caminho marcado pela desafinação das casas de diferentes estilos e cores, composição aqui e ali interrompida por algum terreno vazio e por um ou outro bloco de três ou quatro andares.

Construções grudadas umas sobre as outras, que, como fofoqueiras, olham por cima dos muros dos vizinhos. Cenário que aos sábados era ocupado por barracas da feira cobertas de lona listrada, pelos cheiros de peixe e abacaxi, pelas cores das laranjas, mamões, morangos e alfaces; pelo sotaque português que gritava pela freguesa.

Mundo apertado, via de mão e contramão que não deslizava por asfalto — o carrinho de bebê em que eu era transportado tropeçava nos paralelepípedos. Ruas, acreditava, eram todas assim. Feitas para abrigar casas e acolher seus donos, as crianças que soltam pipa, brincam de queimado e ralam joelhos jogando bola — de vez em quando, a gente deixava um carro passar por lá.

Rua era lugar acolhedor e seguro; como aquela, afluente da movimentada e perigosa Suburbana. Nesta, não bastassem os riscos oferecidos pelos muitos carros e ônibus que a cruzavam, vivia um misterioso e desafortunado rapaz. Segundo minha vó Adelina, todas as suas pequenas travessuras terminavam em tragédia. Uma ida à praia fez com que se afogasse; o pisar descalço no chão frio transformara seu sangue em água; a exposição ao vento encanado lhe causara uma pneumonia.

Apesar da sina, o jovem tinha pra lá de sete vidas, sempre escapava para que suas desventuras fossem renovadas e usadas para atualizar a lista de medos domésticos. Se a Belmira era padrão de rua, vilas de todo o mundo certamente obedeceriam à fórmula daquela, plantada no número 279, onde moravam meus avós e uma de minhas tias. Dezoito casas iguais e grudadas, nove de cada lado, centros de vigilância e solidariedade. Testemunhar os sucessivos acolhimentos de minha avó ao menino que fugia da mãe de vassoura em punho me ajudaria, mais tarde, a compreender o conceito de asilo diplomático.

A fixação naquela vila nunca me permitiria entender que diabo eram aquelas requintadas e grandiosas *villas* italianas de uma casa só — onde estariam as outras dezessete? Bares seriam todos como aquele do recuo, quase no fim da Belmira, balcão revestido de mármore que ocupava mais da metade do espaço. Duas ou três mesas de madeira habitadas pelos bêbados sonolentos de sempre, lugar de comprar guaraná ou Coca-Cola tamanho família.

Botequim que teve entre seus donos um ex-jogador do Vasco e da seleção, que, por conta da guerra, perdeu a chance de disputar uma Copa do Mundo. Aquele era o bar — os outros, todos os outros, estavam errados (onde já se viu bar que serve uísque, que tem cardápio e garçons de gravata-borboleta?).

Religião era católica na Divino Salvador, protestante na Igreja Batista colada ao bar, umbandista a cada 31 de dezembro, quando a vizinha incorporada distribuía passes e baforadas que abriam os caminhos do Ano--Novo. Se a simetria parisiense produz meninos com visão equilibrada, deve ser por conta de Piedade que ganhei um olhar assim, meio torto, que, acostumado aos solavancos dos paralelepípedos, viu católica receber santo e aprendeu a respeitar o convívio da casa amarelo-mostarda com o prédio meio ocre, meio rosa, e a admirar o diálogo do quintal povoado de anões de cimento com o pátio forrado por cacos de cerâmica.

Aqueles francesinhos teriam, talvez, dificuldade para entender essa harmonia imprecisa e dinâmica, feita de contrastes, adaptável às armadilhas do terreno, improvável como um drible de Garrincha.

Os meninos e a Árvore da Lagoa

Quem, de um modo geral, se queixava da Árvore de Natal da Lagoa não reclamava da árvore. Muitos falavam do trânsito, do estacionamento ilegal. Mas, no fundo, o que os incomodava era o povo que se aglomerava por lá. Se não atraísse tanta gente dos subúrbios, a árvore seria quase ignorada, como há até pouco tempo eram tolerados o frescobol e o altinho à beira-mar, como se admite o uso de maconha na praia. É como se apenas moradores da Zona Sul pudessem ser transgressores, tivessem autorização para estacionar nas calçadas dos bairros que chamam de seus.

A geografia carioca facilitou a segregação. Há um acúmulo de beleza e de riqueza na Zona Sul, que virou sinônimo do Rio que exporta modas e costumes. Lembro que, menino de Piedade, gostava de passear por lá, pedia a meu pai que passasse por Copacabana e Ipanema. Na época, o subúrbio era mais bonito e tranquilo, menos degradado e violento, mas, mesmo assim, gostava de ver aquele Rio diferente, mais rico e iluminado. Um Rio que tinha praia, que olhava de perto para o Cristo e para o Pão de Açúcar.

Se na minha infância houvesse a Árvore da Lagoa, insistiria para ser levado até lá. Iria querer participar da festa, comeria pipoca e algodão doce, tomaria mate, tiraria fotos. Adulto, morador do Humaitá, vi, nos dezembros da Lagoa, muitos meninos como fui, que chegavam de Piedade, de Quintino, de Bangu. Meninos que, felizes com a festa, com a pipoca e o mate, não notavam que, às suas costas, do alto dos prédios, muitos reclamavam de sua presença, ironizavam seus hábitos, seu entusiasmo e suas roupas; defendiam o banimento da árvore para a Zona Norte, para o Piscinão de Ramos.

Eles acreditavam — e acreditam — ser possível construir uma cidade com base na separação, não sabem como a presença daqueles meninos e meninas humanizava o Rio, tornava-o mais afável. O Rio se fez singular porque soube conviver com a diferença; por ser porto e capital, aprendeu a trocar com estrangeiros, com gente de outros estados. O branco Noel subiu o morro; o negro Cartola foi para o asfalto. Num boteco simbólico, eles se encontraram e criaram a música brasileira. Isso vale para Pixinguinha, Chico Buarque, Villa-Lobos, Nelson Cavaquinho.

A presença dos meninos que atravessam o túnel para ver a árvore fazia o Rio respirar; renovava a cidade, reforçava a necessidade de convivência e tolerância; fazia com que, como dizia Cazuza, mostrássemos a nossa própria cara.

Macarronese, estrela dos natais suburbanos

Adoro macarronese, o prato em si e a palavra que o define. O nome afrancesado dá uma certa sofisticação àquela mistura de macarrão parafuso, maionese, batata palha, presunto, ervilha, milho, salsinha, cebolinha — a lista de ingredientes é interminável, compete com a letra de "Vatapá", de Dorival Caymmi.

Macarronese é muito mais do que uma salada de macarrão, uma definição sem graça, que não provoca curiosidade, não atiça glândulas gustativas; lembra aquelas palavras que definem partes do corpo humano e, de tão anódinas, são pronunciadas apenas em consultórios médicos.

A deliciosa mistura de componentes tão improváveis transmite a ideia de nobreza, de algo importado de terras distantes e chiques, de refeições servidas num daqueles bailes cheios de príncipes e princesas. Dá até pra imaginar um dos convidados dizendo pro maître: "Monsieur, la macarronese, s'il vous plaît".

A ideia de sofisticação vem da maionese, melhor, da "mayonnaise", resultado da mistura de ovos, azeite e temperos, outra herança francesa. Diz o Houaiss que a palavra está relacionada ao Porto Mahon, capital de Minorca, nas Ilhas Baleares, conquistada, em 1756, pelo duque de Richelieu — acerta, portanto, quem vê origens nobres no prato.

A macarronese, que só conheci há uns 30 anos, passou a disputar espaço com o lugar que, na infância e adolescência, em Piedade e no Méier, era destinado a outras chiquezas, como o estrogonofe, o bife à parmegiana e o arroz à piamontese. A onda dos japas chegou bem depois e acabou alçada ao topo do imaginário do jantar sensual, elegante e romântico.

Mas a macarronese tem a particularidade de ser associada a dias de festa, principalmente no fim do ano, espécie de versão salgada da rabanada. Não é comum encontrá-la em cardápios (também costuma bater ponto no Bafo da Prainha, no Centro. Foi lá que comi a última fora de casa).

Para servi-la mais geladinha e até por uma questão de saúde pública — não dá pra deixar pratos à base de maionese fermentando no calor de dezembro —, a macarronese costuma demorar a ser colocada na mesa. Diferentemente do peru, do pernil e do bacalhau, a travessa com o pitéu costuma, orgulhosa, aterrissar na ceia perto da meia-noite, fechando o *set list* da comilança. Vem precedida de um anúncio, como aqueles feitos por arautos da nobreza: "Olha a macarronese!", diz a sogra, orgulhosa, enquanto olha para os lados, à espera da aprovação dos convidados.

Apesar de toda a cerimônia, o prato não tem aquela afetação que contaminou os restaurantes caros e modernos, cujos cardápios exibem denominações que lembram nomes próprios do tempo do Império. Algo como Pedro de Alcântara em leito de espuma, com fios de João Carlos e pitadas de Leopoldo Salvador Bibiano, acompanhado de massa fresca de Francisco Xavier com toque de Paula Leocádio Miguel, pimenta leve dos alpes de Gabriel Rafael Gonzaga e sal marinho de Bragança e Habsburgo: macarronese vem quase gelada, mas não é fresca. Combina com as melhores e piores cervejas do mercado, cai bem com qualquer espumante, até com aqueles bem vagabundos. Adora ser misturada com carnes diversas, aceita arroz e batatinhas calabresas. Fora que, no dia seguinte, seu teor calórico e a presença de tanto carboidrato quebram o maior galho na hora de rebater a ressaca.

O lanche na Apoteose

Como em qualquer show, muitas vezes o melhor dos desfiles do Sambódromo ocorre em seus bastidores, na armação das escolas ou na dispersão. É nesses setores fora da pista que rolam cenas engraçadas (como o içamento dos destaques até os carros alegóricos), reveladoras (como a retirada do robe que encobre a nudez de rainhas e que tais) e mesmo emocionantes.

Num domingo desses, por exemplo. Ao fim do ensaio técnico da Mangueira, crianças, idosos e integrantes da bateria (no caso, das baterias) faziam fila, num cantinho sob o Setor 12, na Apoteose, para pegar um lanche oferecido pela organização do evento — um sanduíche e um refresco à base de guaraná.

Nisso surgiu um menino de uns oito anos. Negro, mochila meio puída às costas, ele não usava fantasia ou roupa que o identificasse como integrante da Estação Primeira. Entrara na Passarela pelos fundos; fora até lá em busca de algo mais concreto que a beleza proporcionada pelo desfile. Esperto, logo identificou um sujeito magro, branco, com jeito de quem detinha algum poder na organização da festa.

Deu uma leve cutucada no suposto mandachuva e disparou: "Moço, me arruma um lanche?". Meio constrangido, o abordado — o garoto acertara, ele mandava mesmo ali — tentou negociar. Disse que os sanduíches se destinavam aos integrantes das escolas e que, como de praxe, o que sobrasse seria distribuído. Era só aguardar mais um pouquinho.

Mas, como dizia Betinho, quem tem fome tem pressa; o bife não comido um dia jamais será compensado. O menino ficou insatisfeito, o evento iria demorar, a Grande Rio acabara de entrar na Avenida, haveria o risco de sobrar apenas o copinho de refresco. Tentou argumentar, mas acabou interrompido por um segurança, que, com jeito, retirou-o dali.

Não, a insistência não acabaria punida com um cartão vermelho. O novo personagem, negro como o garoto, pegou sua mão e, logo depois, bem ali na frente, com ele dividiu seu próprio lanche. Segurança e garoto se pareciam, passariam até por pai e filho. Mas não havia qualquer parentesco. O homem apenas demonstrava se reconhecer naquele menino, talvez um dia tenha pedido um sanduíche a alguém.

Um beijo no asfalto

Foi uma das cenas mais dramáticas que vi no Sambódromo. Levado pela beleza do samba de Silas de Oliveira e pelo entusiasmo da escola e do público, o mestre-sala Claudinho protegia a porta-bandeira Fabiana, que empunhava o pavilhão do Império Serrano.

Os sorrisos de ambos refletiam o orgulho e a esperança de um improvável, mas desejado, campeonato, sonhar não custa nada, como já cantara a Mocidade. Desta-vez-vai, vejam esta maravilha de cenário. Claudinho parecia desafiar o risco representado pela pista ainda molhada pela chuva. Mas ali, na divisa dos setores 3 e 5, diante das cabines de um grupo de jurados, o sonho do campeonato ficou impossível.

O casal acabara de se apresentar para o júri, os movimentos não eram mais tão ousados, os rodopios diminuíam de intensidade, era preciso retomar a marcha do desfile. Num movimento meio despretensioso, um daqueles básicos do repertório de uma porta-bandeira, Fabiana desabou.

O verbo é esse mesmo: desabou, como se sugada, como se vítima de uma implosão. Não caiu para o lado, não tropeçou. Salto quebrado? Torção de tornozelo? Ela caiu sobre si, em linha reta, como um foguete lançado para baixo.

No solo, Fabiana ficou imóvel, aquilo não poderia estar acontecendo. Ela olhou para o parceiro, um olhar de incredulidade, como o que, anos depois, Júlio Cesar exibiria ao levar os sete gols da Alemanha. Claudinho agiu como um cavalheiro, fez o que se espera de um mestre-sala.

Deu um passo em direção à sua protegida, estendeu-lhe a mão e, eu vi, beijou-lhe a boca. Mais que um beijo, um gesto de quem transmite alma, anima, um sopro da vida. Levanta-te e dança, levanta-te e baila. Beijo de tragédia grega, beijo bíblico, beijo que resume e explica todos os carnavais.

Fabiana obedeceu. Levantou-se e, aplaudida, voltou a bailar. Naquele momento, a bandeira e fantasia pesavam ainda mais. Traziam o peso de um Carnaval que se anunciava perdido por aquela queda. Não havia como recuperar o tombo, fazer o tempo voltar, mas ela ainda tinha muito asfalto-passarela pela frente. O público cantava o samba, os passistas da ala posterior se aproximavam.

Ressuscitada pelo beijo, Fabiana voltou à pista, à vida. A derrota anunciada não a eximia do compromisso de terminar o desfile. Até porque, no ano seguinte, haveria outro Carnaval; o ciclo não para, um Carnaval começa assim que o anterior termina.

Meu sangue no Imprensa

Dei meu sangue pelo Imprensa Que Eu Gamo. Há muitos anos, quando o Aziz Filho ainda tinha cabelos brancos, eu e o Alexandre Medeiros fomos acompanhar a saída do bloco. Estávamos meio tristes, havíamos perdido a disputa do samba para a parceria do Marceu Vieira, mas não queríamos decepcionar o amigo. Logo na saída, o Marceu nos viu, e nos chamou para subirmos no carro de som. Resistimos, queríamos ficar no chão. Mas ele insistiu, insistiu. Subimos.

Do nosso jeito, ajudamos a puxar o samba: "Deu no New York Times/ Que a Garota de Ipanema é fofa". E ficamos lá, bebendo e cantando, seguindo o sambão. No fim do desfile, ali perto da casa de saúde, o mané aqui resolveu fazer graça — fui puxar o samba na parte traseira do carro. Bêbado-samba, caí naquele buraco onde fica a escada que dá acesso à parte superior do trio elétrico. Desabei, mas abri os cotovelos, me apoiei no piso do carro, não rolei escada abaixo, e não deixei cair o microfone!

Só que, na queda, bati com a canela esquerda numa das bordas do tal buraco, o que causou um pequeno corte. Terminado o desfile, eu estava ali, sangrando. Fomos ao Lamas jantar. No caminho, o Alexandre comprou uma caixa de bandeides — os curativos, ele fez de propósito, só pra aumentar o ridículo da situação, vinham decorados com os Smurfs.

Como a perna continuava a sangrar, do Lamas fui pro Hospital Samaritano, onde tomei alguns pontos. Semanas depois, por conta de um piripaque qualquer, voltei ao hospital, e acabei reconhecido por um médico: "Você é que esteve outro dia aqui, né? Bêbado e com camisa de bloco...". O que se passa num bloco deveria ficar no bloco.

O meu lugar

Demorei a prestar atenção na letra do belíssimo samba "Meu lugar", composto por Arlindo Cruz e Mauro Diniz. Já o tinha ouvido outras vezes, em confusas rodas de samba, no meio de muitas cervejas e conversas. Daí que nunca tinha prestado muita atenção nos seus versos, ficava ali, só berrando "Madureiraaaaaaaaaaaa!".

Só que, faz tempo, numa festa do Império Serrano, no Teatro Rival, Arlindo, um dos convidados, decidiu cantá-lo. Admito: esse coração suburbano ficou impactado pela beleza de letra e música, derrubado ao ouvir "O meu lugar/ É cercado de luta e suor/ Esperança num mundo melhor/ E cerveja pra comemorar".

É tudo muito simples, não há qualquer grandiloquência, arroubo, drible de efeito. Mas como é bonita essa crônica, que tem jeito de tarde quente de sol chapado que se reflete no quarador, cheiro de pão trazido pelo padeiro em cesto de vime colocado à frente da bicicleta, movimento de garotos correndo descalços atrás de uma bola em rua de paralelepípedos, delicadeza de pipa que baila no céu, carinho de avó sentada à porta de casa, tomando a fresca no fim da tarde.

"Meu lugar" recupera um subúrbio eterno. É samba-enredo que permite a evolução de infinitas alas, que lembram a menina gostosona que morava na outra rua, o sapateiro português da esquina, a feira livre, o Colégio Guarani, a passarela sobre a estação, a vila de dezoito casas, a alegria de ganhar bicicleta nova no Natal, os carnavais no River, os blocos de sujo, o santo que baixa na vizinha a cada virada de ano.

Samba que embala carros alegóricos, com imagens de meus avós, minhas tias, meus tios, primos, pais, meu irmão. Um dos carros, eu vi!, trazia minha própria imagem. Arlindo, hoje tão abalado pelo AVC, cantava "Madureiraaaaaaaaaaaaaa!", e eu, com os olhos suburbanamente molhados, ouvia "Piedadeeeeeeeeeeeeeeee!".

Quando eu tiver 64 anos

Foi numa sala da Cultura Inglesa do Méier que ouvi pela primeira vez a letra da canção "When I'm Sixty-Four", em que os Beatles enumeravam questionamentos sobre a chegada aos 64 anos.

Em primeira pessoa, um narrador pergunta à namorada ou mulher se, naquela idade que consolidaria sua velhice, ela continuaria a lhe mandar cartões de Dia dos Namorados e se manteria o hábito de lhe presentear com garrafa de vinho em seu aniversário.

Tudo na canção trata da perspectiva de como seria a vida de alguém bem idoso. A começar pelo ritmo, um foxtrot, que remete às primeiras décadas do século XX. Paul McCartney compôs a melodia ainda na adolescência e escreveu a letra por volta dos vinte e quatro anos, em 1966 — ela seria incluída no revolucionário e espetacular disco *Sgt. Pepper's*.

Na adolescência, e mesmo quando se tem vinte e poucos anos, é difícil não associar à velhice alguém que é até mais idoso que seus pais. "Não confie em ninguém com mais de 30 anos", dizia, mais ou menos naquela época, a canção de Marcos e Paulo Sérgio Valle.

Nem tudo é fantasia nos versos de McCartney. Os cabelos vão caindo mesmo e, de um modo geral, os que restam ficam brancos (há os sessentões que não abrem mão da coloração asa de graúna, mas a grande maioria cede às determinações da natureza).

O engraçado e até irônico é que a encantada geração de Beatles, Rolling Stones, Chico Buarque, Caetano Veloso, Ney Matogrosso e de tantos outros foi decisiva para acabar com a imediata associação de idades mais avançadas com a aposentadoria, bisnetos no joelho e com mulher tricotando um suéter perto da lareira.

Quem foi a shows da última turnê de McCartney viu que ele, aos oitenta e dois anos, continua mandando muito bem no palco. Está *on*, como declarou. Pode, por hobby, até fazer jardinagem, deve ser capaz de trocar um fusível quando a luz apagar, mas tem energia para muito mais.

Minha geração, a dos que nasceram nos anos 1960, acompanhou mudanças drásticas no comportamento. Ainda era o tempo em que trintões e trintonas eram senhores e senhoras, vestiam-se com sobriedade e discrição. Muitas destas sequer imaginavam a possibilidade de usar biquínis — ainda mais em eventuais, e então consideradas tardias, gravidezes.

Mas esse tal de rock'n'roll foi decisivo para acabar com a velhice precoce. Diferentemente de jovens ídolos de um passado na época ainda muito recente, aqueles cabeludos não quiseram saber de envelhecer; como se caminhassem contra o tempo, não abriram mão das roupas coloridas, do desaforo, da ousadia. Todos pegamos carona com eles.

E por que tratar disso agora? É porque daqui a alguns dias completarei 64 anos. Não faz muito tempo, eu ironizava a minha idade, dizia que imitaria Aécio Neves e pediria recontagem de votos: se ele considerava a possibilidade de urna eletrônica errar, o que dizer do cartório de Cascadura, onde fui registrado? Mas o golpismo bolsonarista me tomou a piada, não foi mais possível brincar com a confiabilidade das tais urnas.

Estou chegando à idade consagrada por McCartney, e, até aqui, tudo bem. Tenho trabalhado e me divertido muito, de certa forma, sou até mais jovem que era aos 20 anos. O coração resistiu bem ao Botafogo de 2023 e ao de 2024, provas duras de esforço.

Não, a vida não começa aos sessenta, esse negócio de "melhor idade" é cretino e falso, mas envelhecer é a melhor opção que temos. Pouco antes de completar meio século de vida, Aldir Blanc disse que insistia na juventude. Às vésperas dos sessenta e quatro, eu também (e, querido Macca, continuo ganhando cartão no Dia dos Namorados e vinhos no aniversário).

Alfredinho

Em meio ao velório do Alfredinho, em 2019, lá no Bip-Bip, nos perguntávamos sobre a causa da sua morte. Falávamos de tireoide, disso, daquilo — e, mesmo, do conjunto da sua obra boêmia. Mas arrisco dizer que ele morreu por não aguentar mais a dureza do país. Morreu por não suportar tanta estupidez, tanto ódio, tanta negação da vida. Alfredinho ressaltava os projetos sociais do Bip, pedia dinheiro para ajudar famílias muito pobres — no banheiro do bar, há cartazes, em português e em inglês, que pedem colaboração "pra caixinha".

Em dezembro, ele demonstrara preocupação com a dificuldade de arrumar um local para fazer comida para a população de rua, brasileiros que, no dia 24, ficavam sem comer: "Os restaurantes fecham na noite de Natal", frisou, naquele seu grito que ficava meio preso na garganta, voz que teimava em não sair direito.

Ele alertava que, na noite da ceia natalina, não haveria sobras para alimentar tanta gente. Eu nunca tinha pensado que a véspera de Natal seria terrível para os que não têm casa, para os que não têm o que comer.

Alfredinho nos lembrava que havia muita gente que dependia de sobras.

Morreu num sábado de Carnaval. Morreu — insisto — porque, apesar de tantas broncas, de tantos esporros, era doce demais. O Brasil ficou amargo, duro, insensível, ficou de um jeito que os mais sensíveis não conseguem aguentar. Alfredinho morreu de Brasil.

* * *

Na minha infância, era comum ver, em casas suburbanas, uma estatueta de Buda colocada de costas para a porta de entrada. A imagem daquele gorducho traria sorte, dinheiro, prosperidade. Sentado à porta do Bip, de costas para a praia, Alfredinho, mais do que dono do bar, era assim uma espécie de buda, protetor, fiador e sacerdote daqueles 18 metros quadrados.

Ele dava o tom, a régua, o compasso e os esporros. Diz a Wikipédia que budas são aqueles iluminados, que "despertaram plenamente para a verdadeira natureza dos fenômenos e se puseram a divulgar tal descoberta aos demais seres".

A definição é perfeita para o Alfredinho, buda barulhento, azedo, doce, amoroso e indignado, que abraçou nossa melhor música e tratou de apresentá-la a todos nós, bem-aventurados que encontramos no Bip o nirvana de Copacabana.

O lar numa calçada de Botafogo

Numa rua de Botafogo, quase esquina com São Clemente, a marquise protege frequentadores de bares e serve de teto para alguns homens e mulheres. São os mesmos, estão sempre por lá, devem ter adquirido aquele pedaço de calçada por usucapião. Fiquei impactado quando os vi pela primeira vez — a contradição entre a animação dos bares lotados e o silêncio recolhido daquelas pessoas é óbvia demais, torna dispensável qualquer discurso sobre as desigualdades brasileiras.

A visão inicial é genérica, simplista, classifica a todos de moradores de rua ou, de forma mais elegante, em situação de rua. Aos poucos, de tanto passar por ali, foi possível perceber pequenos detalhes que individualizavam os integrantes daquele grupo.

São como habitantes de pequenos apartamentos, como os revelados no documentário *Edifício Master*, de Eduardo Coutinho. Cada um com seu pequeno quadrado, espaços restritos que abrigam aquelas vidas. O olhar apressado, viciado no modelo tradicional de casa, vê ali apenas degradação: roupas velhas, pedaços de papelão, restos de caixotes. Mas, para quem vive por lá, esses objetos fazem parte do cotidiano, integram e personalizam suas vidas. São como nossos sofás, mesas, cadeiras, estantes, livros, TVs — cada qual com seu cada qual.

Uma das mulheres, negra, tem porte altivo, veste-se com roupas que parecem feitas sob medida para seu corpo magro. Está sempre com uma peruca de fios lisos e castanhos. Uma de suas vizinhas demonstra recato — costuma cercar sua casa com paredes de papelão, que têm cerca de um metro de altura. Num sábado, ela, de pé, vigiava roupas íntimas que colocara para secar sobre a calçada. Como tantas e tantas donas de casa, ela aproveitava o fim de semana para colocar em dia algumas tarefas domésticas.

Discretos, cuidadosos, zelosos no uso de seus espaços, aqueles homens e mulheres dão uma espécie de lição nos que sonham vê-los longe dali, despachados para bem longe, para algum galpão recheado por centenas de camas de ferro dispostas lado a lado. A ideia do abrigo demonstra um desejo de enquadrar aquelas pessoas, de torná-las iguais, sem nome, sem passado, sem futuro.

Ali, numa calçada de Botafogo, assim como em tantas outras da cidade, elas resistem. A presença delas, aos nossos olhos, deitadas ao lado dos nossos passos, reforça que ainda temos um longo caminho a percorrer em busca de um país mais justo. Ressalta também que é preciso saber respeitar os detalhes que marcam as vidas alheias, o cantinho que cada um chama de lar.

O pato, o marreco e o garoto da Lagoa

"Oi, pato!" Todo vestido de vermelho, encapuzado — chuviscava naquela manhã de domingo —, o menino de uns dois anos de idade acenava para a ave preta, com faixa encarnada na testa, que nadava na Lagoa Rodrigo de Freitas. Seu pai ainda tentou corrigi-lo: "É um marreco, meu filho", mas o menino continuou a chamar de pato aquilo que ele considerava ser um pato.

Indiferente, o bicho parecia envolvido com questões mais urgentes, como arrumar o que comer. Até porque a discussão daqueles dois humanos não fazia o menor sentido para ele. Ambas as denominações lhe eram externas; a ave era o que era, não tinha a menor ideia do que os outros diziam sobre o que deveria ser.

O menino também não se importava com a soberba do bichinho, que parecia não dar a menor bola para seus gritos e acenos. Seu pai é que parecia preocupado em tentar viabilizar uma comunicação entre o filho e a ave — talvez acreditasse que o animal reagiria aos estímulos se chamado pela supostamente correta classificação de marreco.

Palavras são fundamentais para que possamos entender o mundo. Dar um nome ou apelido — a uma pessoa, a um bicho, objeto, acidente geográfico — é fazer com que o alvo de nossa definição vire um pouco nosso. Quando, num gesto autoritário e necessário, batizamos um filho, conferimos àquele neném uma identidade pela qual será conhecido pela vida inteira — e ele, coitado, não tem como recusá-la (com o passar dos anos, tudo pode ser mudado, mas essa é outra história).

Quando apelidamos a pessoa amada, estamos, no fundo, trazendo-a mais para perto, nos apropriando um pouco mais dela, conferindo-lhe uma identificação própria, única, particular. Para o resto da humanidade, ela continuará a ser Maria, Hermengarda, Juliana, Rosyanne, Cléber, Augusto, Temístocles — mas para nós será Mozinho, Momô, Neguinha/Neguinho, Fofura: o amor tem uma capacidade ilimitada de perdoar o ridículo.

Imperdoável é o uso de palavras para se mudar uma realidade evidente, prática banalizada pela política. Mas, no dia a dia, é bom saber que cada um olha o mundo de um viés particular; não há problema em ver um pato num marreco. Seja lá a ave que for, vai que, apesar da aparente indiferença, tenha ficado feliz com o carinho a ele dirigido por aquele bicho bochechudo, coberto de pele artificial vermelha — grandalhão aos seus olhos —, que lhe mandara um incompreensível oi.

Força que levanta bailarinos

Queremos ser Chico, somos Roberto

No início dos anos 1980, repórter da sucursal Rio do *Estadão*, fiz matéria sobre o lançamento de disco e show do Roberto Carlos. Naquela época, o Rei dedicava-se a gravar alguns de seus piores discos, cheios de bolerinhos chatos e repetitivos. Ivone Kassu, assessora de imprensa de RC, me ofereceu um lugar na plateia na noite de estreia do novo show, no Canecão. Agradeci, dei uma desculpa, recusei.

Poucos anos depois, em 1985, eu cobria o primeiro Rock in Rio e participei de uma entrevista improvisada do Roberto — ele tinha ido à Cidade do Rock assistir à apresentação do amigo Erasmo Carlos. Cheguei perto do sujeito, cumprimentei-o, e tremi como jamais voltaria a tremer diante de um entrevistado.

Afinal, estava diante do meu ídolo de infância, do autor e intérprete de canções que sabia de cor (sei até hoje), que ajudam a pontuar minha história. Naquele dia, bicho, soube que nunca poderia negar a presença do Rei na minha vida. Melhor assim: não tenho o menor pudor de, volta e meia, chorar ao ouvir algumas de suas músicas.

Rei: se não me engano, foi o Chacrinha quem começou a chamar Roberto Carlos de "Rei da Juventude". Com o tempo, o "da Juventude" foi sumindo, até porque RC foi envelhecendo e tratando de adaptar o repertório à faixa etária de seu público. A rebeldia de algumas e importantes canções foi dando lugar à crônica de acontecimentos domésticos, ao lugar-comum de um amor intenso e onipresente, volta e meia clandestino.

Mas, a essa altura, Roberto conquistara um lugar cativo no nosso imaginário — e passou a ser simplesmente "o Rei". Daí vem a pergunta: por que afinal a designação colou? Tivemos um outro rei, o Pelé. Mas este era o "Rei do Futebol"; reinava apenas sobre um determinado aspecto da vida. RC, não: ele é **o** Rei.

Nas monarquias modernas, o rei representa a nação, um — questionável — conjunto de valores que supostamente simboliza um povo: características, ideais, compromissos, expectativas. É uma espécie de protetor simbólico, está acima dos partidos, da política. Um rei reflete e personaliza aquilo que julgamos ser. Essa identificação é tão forte, que o regime, um tanto quanto anacrônico, continua mantido em vários países europeus, sinal de sua relevância.

Roberto Carlos, de alguma forma, nos representa. O genial Chico Buarque é o que gostaríamos de ser;

Roberto Carlos é mais o que somos: meio bregas, sentimentaloides, pouco politizados, mais ligados a valores familiares que aos comunitários.

Como rei, é capaz de absorver nossas contradições e divergências: manda tudo pro inferno e pede para Nossa Senhora cuidar de seu coração. Suas canções de amor ajudam a integrar corações de um país tão desigual, passam por cima de contradições sociais, servem de trilha sonora para dor de corno de ricos e pobres ("A saudade vai chegar/ e por favor, meu bem/ Me deixe pelo menos só te ver passar/ Eu nada vou dizer, perdoa se eu chorar" — olha que coisa mais linda e triste).

Ele não disse uma palavra sequer contra a ditadura militar — no livro *Roberto Carlos em detalhes*, Paulo Cesar de Araújo mostra que RC nem tinha muita noção do que se passava (como grande parte de seus súditos, vale lembrar); talvez achasse melhor não saber de nada. Mas, comovido com o sofrimento do exilado Caetano Veloso, compôs a doce "Debaixo dos caracóis dos seus cabelos".

A música não é um libelo contra a ditadura — o rei fica acima de governos —, mas uma manifestação de solidariedade a um exilado. Que se danem as estruturas de governo de ocasião, um rei tem que zelar por seus súditos. O que vale é o sentimento: um soberano fica acima das paixões cotidianas, cuida do simbólico, do não palpável, de abstrações tornadas reais, como povo e nação.

Vários episódios de sofrimento pessoal — o acidente na infância que lhe gerou a amputação de uma perna, a cegueira do filho, a paixão e morte de Maria Rita — reforçaram sua ligação com um povo que gosta de se ver solidário, que procura explicar, num suposto excesso de sentimento, sua incapacidade de construir e de vivenciar estruturas mais impessoais, republicanas.

Rezar pela recuperação do filho ou da mulher do rei é assim mais relevante do que se envolver numa luta institucional. RC não condena nossas limitações, demonstra entendê-las. De alguma forma, ele também falha, é gente como a gente.

Convencido de sua condição de rei, Roberto estabeleceu algumas regras. A mais inacreditável delas é o silêncio em torno do acidente que o mutilou. Um silêncio curioso — o fato é de conhecimento de todos. De Pelé, foi cobrado um engajamento contra o racismo; ninguém jamais pediu o apoio de RC à luta das pessoas com deficiência.

Uma palavra do Rei bastaria para que todas as cidades brasileiras facilitassem a vida de cadeirantes, cegos e de todos os que precisam de apoio para compensar algum tipo de deficiência (ao admitir que tinha TOC, RC aliviou muita gente, quebrou o estigma da doença, fez com que tantos passassem a se tratar).

Mas ninguém fala nada sobre a história da perna — todos estão mudos. RC, digamos, não politizou a tragédia, brasileiramente a trata como algo pessoal, íntimo. O curioso é a cumplicidade de todos em relação a isso, nenhum jornalista toca no assunto, trata-se de um tabu. O Rei mandou.

No livro, Paulo Cesar detalhou o acidente, e Roberto lançou sobre ele sua fúria real. A biografia é espetacular, emocionante, foi escrita por um fã: se o livro tem algum defeito, é o de não aprofundar algumas críticas a Roberto (chega a ser um pouco condescendente com o cara). Mas RC não quis nem saber: num gesto absolutista, tratou de dar um jeito de impedir a circulação do livro. Um absurdo, claro, mas que é compreensível pela lógica monárquica. Roberto, de alguma forma, acha que um rei não pode ser tratado de acordo com valores republicanos.

Chico, o homem solidário

Nos 80 anos de Chico Buarque, jornais e emissoras de rádio perguntaram a diversas pessoas qual seria, entre tantas, a melhor música do compositor. Eu nem ouso me colocar essa questão, de resposta impossível. Por baixo, calculo que a medalha de ouro teria que ser dividida por, sei lá, umas trinta canções. Melhor, umas quarenta.

Sérgio Buarque de Holanda, pai do Chico, definiu o brasileiro como um "homem cordial", movido mais pela emoção ("cordial" vem de "coração") do que pela razão. Arrisco dizer que seu filho incorporou o homem solidário. Não foram poucas as vezes em que recorri à solidariedade expressa nas músicas que ele compôs. Muita gente fez o mesmo, tenho certeza.

Além de cobrar o fim da ditadura, Chico mostrou-se solidário às suas vítimas. Foi parceiro dos sem-terra, de pedreiros e de operários que voavam de construções. Estendeu seus versos aos que sofriam por amores desfeitos ou por uma recorrente desilusão com o país. Procurou entender traídos e os que traíam ("Te perdoo por te trair", escreveu).

Nos acompanhou ao fundo do poço ao tratar dos mínimos e dolorosos detalhes de uma separação, das sobras de tudo que chamam lar, do paletó que enlaça o vestido, do adorar pelo avesso. Mas, depois, nos ajudou na volta por cima — brincando, disse que mudava de calçada quando via uma flor. Tentou amenizar a dor dos mais desesperados ao dizer que aquele amor seria herdado por futuros e desconhecidos amantes.

Sempre exercitou um olhar que não compactuava com o senso comum. Respondeu com "Pivete" e "Meu guri" ao coro dos que urravam pega-mata-come pelas ruas. Pressionado pela polícia, não hesitou em chamar o ladrão. Não discriminou amores, ressaltou a injustiça sofrida por Geni. Cantor atormentado, como admite na letra de "Sinhá" (parceria com João Bosco), nunca deixou de apontar uma esperança.

Sou, repito, incapaz de indicar alguma música favorita entre as do Chico, mas volta e meia me surpreendo com algumas delas. Creio que me aposentaria se tivesse composto "Todo o sentimento" (dele com Cristóvão Bastos). Não arriscaria qualquer outra criação, não teria mais nada a falar.

Acho que me trancaria em casa, assustado pela ousadia de descrever o até então indizível, a declaração de um sujeito sobre um amor que se perde e que se renova ao longo do tempo. A letra trata de uma esperança viável apenas aos olhos de um apaixonado, a ilusão de, ao lado da amada, criar o próprio tempo. Um tempo fora do tempo, em que os dois sequer precisariam de palavras para que conseguissem se entender: "Apenas seguirei, como encantado/ Ao lado teu", conclui.

O destino de Lily Braun

O musical *O grande circo místico* despertou a curiosidade de saber qual teria sido o futuro de Lily Braun, personagem de uma das canções compostas por Edu Lobo e Chico Buarque para a primeira versão do espetáculo, um balé criado pelo Balé Teatro Guaíra. A música fala de uma artista que larga a carreira para se casar com o homem dos seus sonhos, que conhecera num *dancing*.

O sujeito jogou pesado para conquistar a moça. Ofereceu drinque, deu-lhe rosas e poemas. Lily, talvez cansada de tantas danças e tantos amores, preocupada com seu destino, aceitou se casar com o cara. A decepção veio logo. Como diz na canção, composta em primeira pessoa, ele passou a amá-la como esposa, não mais como estrela: "Me amassou as rosas/ Me queimou as fotos/ Me beijou no altar". O resto da música é de cortar o coração. A pobre ficou sem prazeres como cinema, espeluncas, drinques no *dancing*. Deixou de receber rosas, nunca mais foi feliz.

Como o balé estreou em 1983, dá para imaginar que Lily tenha hoje mais de 60 anos. Suspeito que, em nome dos dois filhos, manteve, por um bom tempo, o casamento com aquele mala. O sacrifício não adiantou muito. Há uns dez anos, ele encontrou outra jovem para fazer infeliz e largou esposa e prole na casinha de Pindamonhangaba (sempre achei que o casal fora morar no interior de São Paulo).

Quase cinquentona, meio gorducha, sem os encantos da juventude e com adolescentes em casa, a ex-dançarina não teve como retomar a vida boêmia. Sequer caberia naquele vestido preto que conseguira salvar da fúria do esposo, ele destruíra também roupas e outros objetos que remetiam aos bons, divertidos e loucos tempos. Ela não conservara nem o nome, o Lily fora banido, restara o Maria Elizabete — jamais se conformara com a ausência do "h" no fim, que remeteria à rainha inglesa.

Secretária de uma revendedora de carros, ela, de vez em quando, consegue um amor. Apesar dos esforços do ex-marido, fiapos de sua história chegaram ao conhecimento de vizinhos e colegas de trabalho. Quem mandou fazer confidências à manicure? Por que subir na mesa e simular um *strip* na festa de fim de ano da firma? Desempenho de profissional, comentou-se na cidade.

Em nome desse profissionalismo, alguns respeitáveis senhores de Pinda arriscam seus casamentos para tentar passar uma noite com Maria Elizabete. A ex-Lily não se queixa da falta de romantismo, de drinques, poemas e buquês. Tem mais com o que se preocupar:

aqueles cigarros esquisitos que encontrou na gaveta do filho, as bebedeiras da filha, que quase não dorme mais em casa.

Nelson e Cartola, Garrincha e Pelé

Volta e meia, meu arrítmico coração — estranhou o quê?, sou botafoguense e mangueirense — desanda a bater na tecla de uma velha dúvida. Quem foi melhor: Cartola ou Nelson Cavaquinho? Páreo pra lá de duro, ambos são autores de grandes clássicos da música brasileira. De um lado, "A flor e o espinho", "Folhas secas", "Rugas"; de outro, "O mundo é um moinho", "As rosas não falam", "Sala de recepção".

A doce disputa remete à oposição entre Pelé e Garrincha. Capaz de comover pedras ao dizer que as rosas exalavam o perfume roubado da amada, Cartola está mais para Pelé. Apesar de todos os percalços e obstáculos, teve, principalmente a partir dos anos 1970, uma carreira mais estruturada — lançou discos, fez shows, viu muitas de suas canções fazerem sucesso.

Até na postura, lembrava o Rei Pelé: magro, imperial, imponente, Cartola representava a melhor nobreza do samba. Mais solar do que Nelson, era um mestre-sala de movimentos harmônicos e elegantes, adjetivos que também podem ser atribuídos às suas músicas.

O noturno Nelson Cavaquinho é quase a tradução musical de Garrincha. Brilhante, teve uma trajetória marcada por triunfos e dores. De vida torta, virou dono das calçadas. Iluminado por uma "luz negra de um destino cruel ("Luz negra", com Amâncio Cardoso). Foi "um rei vadio/ um poeta tão sem lei", que admitia ter tropeçado "pelos cantos dessa vida".

As rosas de Cartola falam de amor, as flores de Nelson remetem à morte: "Quando eu passo/ Perto das flores/ Quase elas dizem assim:/ Vai, que amanhã enfeitaremos o seu fim ("Eu e as flores", com Jair do Cavaquinho).

Como Garrincha, Nelson era capaz de jogadas espetaculares, dribles poéticos e improváveis — como fez ao declarar que feliz é quem "sabe sofrer" ("Rugas", com Augusto Garcez e Ari Monteiro). Em outro samba, ao se ver traído, ele chama de amigo o sedutor de sua amada e acrescenta desejar que ele viva em paz com aquela que manchou seu nome ("Notícia", com Alcides Caminha e Nourival Bahia): um drible, ainda que sofrido, em quem esperava uma reação óbvia e violenta.

Também de um jeito que remete aos últimos anos de vida do craque alvinegro, Nelson e seu parceiro Guilherme de Brito fizeram com que retirássemos nosso sorriso do caminho para que eles passassem com sua dor. Garrincha e Pelé se completaram; com os dois em campo, a seleção nunca perdeu um jogo. Da mesma forma, fico com o empate na disputa entre Cartola e Nelson Cavaquinho, caso raro de Sol que vive bem perto da Lua.

Canções nas esquinas das nossas histórias

Comecei a acumular milhagem em shows do pessoal do Clube da Esquina a partir de outubro de 2018, poucos dias antes do segundo turno da eleição. Foi quando fui ao Circo Voador assistir a uma apresentação do Lô Borges — algo que, na época, representou um réquiem da democracia.

Estava evidente que a eleição seria vencida por um deputado que tinha um torturador como herói, defendia a ditadura implantada em 1964, propusera guerra civil e fechamento do Congresso, pregara o fuzilamento de Fernando Henrique Cardoso e da "petralhada" e comparara parentes de desaparecidos a cães que procuram ossos.

Não se tratava de uma simples disputa entre direita e esquerda, algo normal e desejável numa democracia. É essencial que teses mais pra lá ou mais pra cá sejam oferecidas à população de maneira previsível e regular — que vença quem tiver mais votos.

Em 2018, porém, não havia uma disputa como as do PT contra o PSDB (ou mesmo contra Fernando Collor de Mello). O Brasil estava prestes a entronizar um ex--capitão que não escondia suas posições, que tivera sua passagem pelo Exército marcada pela indisciplina.

Um oficial convidado a se retirar da força após um processo em que chegou, na primeira instância, a ser condenado por articular um plano terrorista que incluía a colocação de bombas em quartéis. Um homem que negava conquistas civilizatórias essenciais e o simples e óbvio reconhecimento de direitos básicos de cidadãos que pagam impostos, independentemente de sua cor, etnia, religião e orientação sexual.

O show de Lô Borges, assim, era algo deslocado, remetia não ao futuro, mas aos tempos da ditadura — o disco *Clube da Esquina* foi lançado em 1972, no auge da repressão. Aqueles jovens mineiros, de um modo geral, não batiam de frente com o autoritarismo de maneira tão explícita. Há no álbum versos que podem ser lidos como referências aos tempos tão pesados: "Que notícias me dão dos amigos?/ Que notícias me dão de você?" ("Nada será como antes", Milton Nascimento e Ronaldo Bastos).

Em 1973, houve o caso grave da censura a três letras de músicas do disco Milagre dos peixes que tratavam de temas delicados para a ditadura. Mas os sócios do clube que criou um movimento tão belo e singular, que, de certa forma, refletia a posição geográfica de Minas Gerais — no centro do país —, falavam principalmente de temas mais etéreos, ligados à liberdade e, mesmo, a experiências sensoriais, trens azuis, girassóis da cor do cabelo da amada.

Cercados de montanhas e de ditadura, tratavam de juventude, de prazer — amar em meio à repressão é também uma forma de protesto. Em 1979, a canção "Clube da esquina nº 2" (Milton e Lô) ganharia letra mais explícita de Márcio Borges, citava "tantos gases lacrimogênios" e reafirmava os sonhos que não envelhecem.

Ouvir essas canções nos anos 1970 representava acolhimento, consolo, expectativa de dias melhores. Em outubro de 2018, elas cantavam uma derrota anunciada. Não de um candidato, isso é o de menos, mas da esperança. Eram os canhões que, mais uma vez, venciam as flores.

Jair Bolsonaro não enganou ninguém, e, ao longo de seu mandato, procurou cumprir todas as suas promessas, até golpe tentou. Em 2019 e 2020, bati cartão em apresentações de Milton no Rio; era preciso aproveitar a que seria a penúltima de suas turnês. Fui agradecer pela beleza que nos proporcionou e pelo compartilhamento da utopia ligada a um país que, poucas décadas antes, acreditávamos que renasceria do fundo de uma longa noite.

Em 2022, voltei a um show do Lô Borges, dessa vez no Teatro Rival. Ali, as canções indicavam um novo sentido, mais próximo do original, viagem de ventania. Dois anos depois, fui vê-lo de novo, ele e Beto Guedes se apresentaram na Arena Jockey.

Não houve angústia ou expectativa, o que marcou mesmo foi a beleza e a força de tantas canções que dialogam com o país, com a história e com os sentimentos de cada um, que ajudaram a segurar tantas ondas. Esquina mais de um milhão, gente, gente, gente.

Tim Maia e o direito ao dane-se

Tim Maia protagonizou situações capazes de enlouquecer o mais tolerante assessor de imprensa. Não seria simples construir uma imagem positiva de um sujeito que foi preso duas vezes, abusava de drogas legais e ilegais, não ligava para horários, desrespeitava compromissos, ignorava contratos e faltava a shows.

Em 2025, a página do Tribunal de Justiça registrava dezenas de processos cíveis contra Sebastião Rodrigues Maia e a Seroma, sua produtora e editora. A maioria foi arquivada, uma outra ação deve ser contra algum homônimo, mas Tim deu muita dor de cabeça a quem ousou contratá-lo.

Os excessos que abreviaram sua vida — morreu em 1998, aos 55 anos — não foram suficientes para abater sua imagem. Do Leme ao Pontal, do Oiapoque ao Chuí, amamos Tim Maia. Cantamos e dançamos suas músicas. Por mais que condenemos muitos de seus gestos, não dá para deixar de admirar um sujeito que disse tantos "dane-se" ao longo da vida.

Acabou o dinheiro, o cobrador está na porta, drogas e bebidas o impediam de ir a um show? Réu confesso, não vacilava em dar a resposta: "Dane-se" (ou algo ainda mais enfático). Claro que ele acabaria pagando o preço por tanta irresponsabilidade, nem seu gigantesco talento o tornaria imune a uma tamanha coleção de besteiras.

Não cabe fazer qualquer glorificação a um comportamento quase suicida como o de Tim Maia. Mas admitamos: quando rolamos de rir ao ver seu personagem, no palco, dizer um "dane-se" talvez estejamos nos vingando dos sapos que, ao longo da vida, nos sentimos obrigados a engolir.

No fundo, bem que gostaríamos de ter tido coragem de disparar alguns "dane-se" a mais. Para o professor, para o fiscal, para o chefe, para o patrão, para o governante, para o juiz e até mesmo para uma pessoa amada. Pneu furou? Vontade de levantar os ombros e gritar: fazer o quê? Dane-se, acenda o farol, eu quero é sossego. Tim verbalizou alguns dos nossos "dane-se", aqueles que não conseguimos dizer. Cumpriu de forma dolorosa o destino de um artista sensível, que se tornou porta-voz, porta-dores e para-raios de angústias tão comuns a todos nós.

O nosso Paralamas

Eu uso óculos (5,5 graus de miopia), as meninas do Méier pouco olhavam pra mim (as do Leblon sequer sabiam da minha existência). Esses dois requisitos talvez tenham sido decisivos para este não roqueiro se identificar com os Paralamas do Sucesso. Também ajudou o fato de Herbert, Bi e Barone nunca terem apelado para as caras de mau, tão características de grupos de rock. Meu gosto musical, regado pelo movimento então conhecido como MPB — o samba foi chegando aos pouquinhos —, não entendia bem o porquê de tantas caras fechadas nas capas dos LPs adorados por muitos amigos.

Os três transpiravam ser gente boa, daqueles caras que ficam horas conversando sobre alguma besteira qualquer, que jogam bola, que não se preocupam em demonstrar marra e revolta artificiais. Pareciam felizes em fazer músicas descomplicadas, em exaltar um colega e sua moto, em tratar com leveza algumas dores de amores, os nossos tantos erros, a inútil busca de um romance ideal.

Eles faziam um rock mais leve, chegado ao reggae, com uma ou outra balada tão ao gosto do garoto que, como eu, tinha sido criado ouvindo Roberto Carlos e tantos cantores populares que chegavam aos rádios de Piedade. No fundo, os três — nós quatro — somos muito românticos.

Também gostava, e gosto, do Barão Vermelho, das canções mais duras, que ressaltavam a poesia cortante de Cazuza. Mas, sei lá, nunca me vi amigo do Cazuza, talvez ele fosse Zona Sul demais, enturmado demais com um povo que não daria muita bola para um suburbano como eu — os Paralamas eram, principalmente, de Brasília, subúrbio da vida cultural brasileira.

Tudo isso é pra dizer que vibrei muito com *Os quatro Paralamas*, dirigido por Roberto Berliner (Robertinho, querido colega de faculdade) e Paschoal Samora. O quarto Paralama é José Fortes, desde sempre empresário do grupo. O filme não é uma análise da obra dos Paralamas. É mais uma bem montada coletânea de histórias e de registros de muitos shows, gravados, anos a fio, por Berliner, o Robertinho da ECO, Escola de Comunicação da UFRJ. Quase uma versão ampliada e em movimento de fotos antigas que, no documentário, são exibidas por integrantes do grupo.

Fotos antigas, muitas delas grudadas umas nas outras, danificadas — cicatrizes que, como as imagens defeituosas de antigas fitas VHS, valorizam cada pedaço de história. São episódios de três garotos meio desajeitados que conseguiram fazer muito sucesso, que embalaram amores e separações (o álbum *Victoria*, trabalho solo do Herbert, já colocou muito bandeide nos meus cotovelos e coração).

Apesar do acidente que matou a mulher de Herbert e o deixou paraplégico, os Paralamas não acabaram, não deixaram de tocar, de compor, de fazer shows. Continuam sendo meus bons amigos — e só conversei com eles uma vez, numa entrevista para o primeiro Rock in Rio. Herbert continua a gravar, a tocar, a cantar. Que bom — não deixa de ser alguma esperança; envelhecemos, apanhamos, mas estamos na área, se derrubarem, é pênalti.

Hinos informais brasileiros

Além dos quatro hinos oficiais (Nacional, da Independência, da Bandeira e da Proclamação da República), temos algumas músicas que despertam mais do que um prazer individual, são capazes de gerar um sentimento coletivo, ajudam a nos identificarmos como habitantes de um mesmo pedaço de terra, pessoas que têm algo em comum. Isso funciona mesmo numa sociedade tão dividida e desigual como a nossa.

"Garota de Ipanema", de Tom Jobim e Vinicius de Moraes, é um desses hinos informais, fez sucesso em todo o mundo e ajudou a traduzir o jeito de se buscar levar a vida no doce balanço a caminho do mar. "Aquarela do Brasil", de Ary Barroso, é Hino, com H maiúsculo — mais projeta e idealiza do que retrata um país, mas hinos tendem mesmo a cometer alguns exageros.

No time de canções nacionais, "Asa branca", de Luiz Gonzaga e Humberto Teixeira, tem escalação garantida. Assim como "Garota de Ipanema", ultrapassou os limites regionais, talvez por sua beleza e por tratar de temas importantes, como sofrimento, luta, amor e esperança.

Na música de concerto, temos dois ótimos exemplos: a abertura de *O guarani*, de Carlos Gomes — meio batida por sua identificação com a *Voz do Brasil* —, e o tema principal das "Bachianas brasileiras nº 5", de Villa-Lobos, compositor que soube, como nenhum outro, incorporar elementos musicais presentes em vários cantos do país.

Todas essas obras estão carregadas de símbolos. É como se, ao criá-las, seus autores tivessem contado com a ajuda de muita gente, de todos nós. Tanto que não é difícil nos reconhecermos aos ouvi-las. Ao adotá-las, viramos seus coautores, nós é que passamos a classificá-las de hinos.

Elogiar essas canções não implica a valorização de manifestações nacionalistas, de um modo geral arrogantes, excludentes e até discriminatórias. Ninguém é melhor ou pior que outra pessoa pelo simples fato de ter nascido num determinado lugar. Hinos são ruins quando impostos, apropriados por ditadores e/ou corruptos — safados adoram se enrolar na bandeira nacional. Mas esses hinos se tornam doces quando incorporados à nossa vida, aos nossos corações; quando embalam sonhos de viver num país melhor.

O Brasil que nos chega pelos sons

Ao narrar, em sua coluna na *Folha de S. Paulo*, o dia em que ouviu Alcione cantar "A loba" num táxi parisiense dirigido por uma maliniana, Djamila Ribeiro me fez lembrar as vezes em que, no exterior, fui abraçado pela música brasileira, nosso maior ativo artístico-cultural. Fiquei emocionado em todas as ocasiões, com vontade de gritar que aquele som que ocupava ruas, metrô, parques e restaurantes vinha do meu país, do meu Brasil, tão injusto e tão belo, era fruto de uma mistura de tanta gente, de tantas cores e culturas.

Na mesma Paris citada por Djamila, ouvi Tom Jobim no metrô. Também por lá, num sábado, foi até engraçado. Tinha andado tanto, que fui parar numa rua onde havia uma feira embalada por músicas vindas de um sistema de som. No momento em pisei por lá, João Bosco me chegou pelos alto-falantes, cantando "Prêt-à-porter de tafetá".

Na música, dele e de Aldir Blanc, é feita uma brincadeira com palavras em francês e em português, "Voilá e ça va, patati, patatá/ Boulevard, saravá, sou da Praça Mauá/ Dendê, matinê, pa-dé-dé, Meu petit comité, bambolê". Os versos ficaram ainda mais hilariantes ao serem ouvidos numa rua parisiense: taí, seu Mitterrand.

Em Barcelona, presenciei duas situações de encantamento. Ao descer o Parque de Montjuïc, reconheci, como sendo de autoria de Heitor Villa-Lobos, as notas que saíam do violão de um músico de rua. Anos depois, fui ver o Barça e Messi jogarem. Eis que a torcida começa a cantar, com letra obviamente adaptada, "Festa para um rei negro", o "Pega no ganzê" composto por Zuzuca e que embalou o Salgueiro em 1971.

Há uns dez anos, passeando em Saint-Émilion, entrei numa loja de vinhos, e o vendedor, ao desconfiar do meu sotaque, perguntou se eu era brasileiro. Diante da confirmação, o francês começou a cantar: "Lá vem o Virrrradouro aí, meu amorrrrr". Ele desfilara na escola de Niterói em 1997 e adorava o "Trevas! Luz! A explosão do universo", de Dominguinhos do Estácio, Mocotó, Flavinho Machado e Heraldo Faria.

Em 2023, numa rua de São Francisco, a voz de Gal Costa parecia me chamar para dentro de uma loja. Em Los Angeles, ouvi Caetano Veloso no Museu do Oscar, que exibia exposição sobre os filmes de Pedro Almodóvar. O mais legal foi, durante um almoço num restaurante, reconhecer, num novo arranjo, a belíssima "Cordeiro de

Nanã", sucesso de Os Tincoãs, composta por Dadinho e Mateus Aleluia.

Embalada num remix, a canção me pegou de jeito, guardanapo virou lenço. É como se o melhor do Brasil, sua doçura e seu acalanto, me desse colo e carinho. Um cantar, a exemplo do que está na letra, onde vibravam as forças que sustentam nosso viver — este, tão cheio de perrengues e de beleza. Nanã ressaltava o barro de que somos feitos, o eterno e o provisório; renovava a fé num país de múltiplas expressões e me alcançava, assim tão longe, para reforçar também o que podemos e devemos fazer.

Carrilhões na noite portenha

Dia desses, ouvi um violonista de rua tocar, numa noite fria de Buenos Aires, o belíssimo choro "Sons de carrilhões", de João Pernambuco (1883–1947). Isso, bem ao lado do Teatro Colón.

Já escrevi sobre o susto, a alegria e a emoção que, algumas vezes, senti no exterior ao ser alcançado por sons de músicas brasileiras, uma lista que inclui, entre outros, Gal Costa, João Bosco, Tom Jobim, Os Tincoãs e Villa-Lobos. Agora foi esse belíssimo choro que me pegou pelo pé — pelos ouvidos, né? — quando eu acabava de sair do teatro, onde fora comprar ingressos.

Tenho aversão a manifestações de viés nacionalista, que exaltam um Brasil dominador, varonil, potência muito mais idealizada do que real. Exclamações que tratam mais do que nos foi concedido pela natureza — mares, montanhas, florestas, rios — e menos das conquistas pelo engenho e a arte de um povo sofrido, formado, em sua maioria, por descendentes de escravizados e de imigrantes.

Mas tenho um profundo e interminável afeto pela beleza produzida por essa mesma gente, formas de expressão que se traduzem em manifestações artísticas e culturais mais consagradas — música, literatura, pintura, teatro, cinema — e em outras, criadas e/ou desenvolvidas por aqui, como o desfile das escolas de samba. Na mesma toada, o drible que Garrincha esculpiu no ar (acho que a definição é do Armando Nogueira) mereceria o grande prêmio de qualquer bienal de artes plásticas, faz uma tabelinha estética, lúdica e emocional com os parangolés do Hélio Oiticica.

E aí volto à música, talvez a nossa maior contribuição à humanidade no campo das artes convencionais, que tanto nos dá um sentimento de pertencimento, de identificação. Mais, ressalta as nossas diferenças, origens étnicas e culturais. Mistura influências africanas, europeias, indígenas, orientais, o que for. Nossas festas juninas remetem a danças de salão europeias (é só comparar os passos e as instruções adaptadas do francês). O chorinho, tão carioca, é herdeiro da polca e de outros ritmos, a bossa-nova tem um pé no jazz, o samba, nossa melhor tradução, foi criado a partir de culturas africanas. A mistura é ótima, por oferecer diferentes alternativas musicais e por não traduzir uma ideia de hegemonia cultural, algo que poderia ser usado até como uma forma de afirmação xenófoba e excludente.

Tudo isso nos embala, faz carinho. Daí minha surpresa e alegria ao ser alcançado pelas notas escritas por João Pernambuco, partitura em que notas agudas são pontuadas por outras, graves, combinação que inclui, celebra a harmonia dos encontros, não o rompimento.

Um Brasil afável e criativo, de Pixinguinha, Dorival Caymmi, Luiz Gonzaga, Chico Buarque, João Gilberto, Cartola, Nelson Cavaquinho, Caetano Veloso, Gilberto Gil, da Rebeca Andrade — aquela que faz o funk dar saltos pelo mundo.

A mais bela e triste canção natalina

Há alguns anos, o amigo Luiz Antonio Simas, professor de História, escritor, especialista nas nossas gentes, ressaltou num texto canções natalinas brasileiras que ficaram meio esquecidas. Desencavou uma de Chico Buarque ("Tão bom que foi o Natal"), revelou a gravação de Clementina de Jesus para "Vinde, vinde companheiros", tema de pastoris nordestinos, destacou "Papai Noel de camiseta", de Celso Viáfora ("Estenderá uma toalha na sarjeta/ Em qualquer praça de subúrbio do país"). São bonitas, emocionantes, mas, entre todas, fico com "Boas festas", de Assis Valente, a mais bela e triste, a primeira música de protesto que ouvi.

Eu era criança quando me dei conta da melancolia de seus versos, do "Já faz tempo que pedi/ Mas o meu Papai Noel não vem". A música, caramba, falava de alguém que não recebia presente de Natal. Mais, tratava de morte, da eventualidade de o Velhinho ter batido as botas.

Logo depois, porém, o narrador ressalta a possibilidade de Papai Noel — felicidade! — continuar vivo:

"É brinquedo que não tem", conclui. Generoso, ele se conforma pela ausência do presente, é como se o tivesse trocado pela vida do Papai Noel. É chato e triste ficar sem o brinquedo, mas foi por uma boa causa.

Exposto a um dilema, o menino se vê obrigado a ficar adulto, a racionalizar a ausência de seu presente. Crianças pobres são obrigadas a amadurecer mais cedo, têm infância mais curta, zelam até por Papai Noel. A letra permite ainda uma outra leitura, igualmente lírica e triste, a de que felicidade é um brinquedo não disponível para crianças pobres. Dói do mesmo jeito.

Na música, sinos não tocam, não fazem blim-blom, não badalam. O sino geme, remete não à alegria, mas à dor de um Natal sem presente, de ceia acanhada; alerta para uma felicidade que é brincadeira de papel. Apesar de toda a tristeza e do título irônico, "Boas festas" traduz melhor a data do que canções que tratam de um Natal idealizado, de Papai Noel que não se esquece de ninguém, que traz presentes até para o vovô e a vovó.

Assis Valente não nega a religiosidade da festa — na letra, cita que a família do menino fica feliz a rezar —, mas frisa que o mundo é duro, injusto. Ele não mente, diz que naquele Natal, assim como nos outros, haverá crianças que ficarão sem presente. É possível até que Papai Noel não exista — se existisse, não seria assim tão cruel, não reproduziria a injustiça do dia a dia, que deixa tantos de fora das comemorações.

Mesmo melancólica, a música fala de esperança, traz um apelo que todos, de alguma forma, crianças ou adultos, renovamos a cada fim de ano, o pedido para que um papai noel qualquer nos dê a felicidade que, esperamos, esteja sempre dando sopa em alguma prateleira.

Vasto mundo

Meninos que brincaram e dançaram na Lua

Em "Tendo a Lua" (Herbert Vianna e Tetê Tillet), os Paralamas do Sucesso lamentam que o privilégio de visitar a Lua tenha sido reservado a militares, e não a bailarinos. Sei não, vejo como dança e brincadeira aqueles pulos que os astronautas Neil Armstrong e Edwin Aldrin deram ao desembarcarem lá, em 1969.

Faz muito tempo, eu tinha oito anos, mas lembro daquela tarde de domingo em que eu olhava para o céu de um jeito meio esquisito. Era estranho admitir que lá em cima, sobre a minha cabeça, dois homens se preparavam para alunissar — o verbo aterrissar era inexato, remetia à Terra.

Naquele 20 de julho, eu queria que a noite chegasse logo. Talvez por associar a Lua à escuridão, seria meio inconcebível imaginar que a conquista ocorresse durante o dia. Era necessário anoitecer para que eu pudesse, de minha casa, em Piedade, acompanhar aquele feito tão inusitado. E eu vi. Lá do quarto dos meus pais, testemunhei pela TV de baixíssima definição aquelas duas manchas brancas descendo na Lua, pregando no solo a bandeira norte-americana, e, mais que tudo, vi aqueles saltos amortecidos pela pouca gravidade.

Pulos que quebravam o rigor daquele momento; parecia fora do roteiro ver dois adultos, homens corajosos, desbravadores, brincarem feito crianças na Lua. Os dois astronautas talvez se sentissem vaidosos de, sob os olhos de todo mundo — todo mundo mesmo! —, poderem desfrutar de uma brincadeira exclusiva. Só eles podiam saltar ali, naquela velocidade, em câmera lenta, como então se dizia.

Ao pular, os heróis viravam meninos exibidos, recuperavam o instante em que, décadas antes, alardearam que sabiam andar de bicicleta sem rodinhas. Aqueles passos que tanto invejei deram um novo sentido à epopeia, as informações relacionadas a motores, foguetes e computadores perdiam importância diante da brincadeira. Os saltos ressaltavam que Armstrong e Aldrin também eram Neil e Edwin, dois garotos que gostavam de brincar, pular e dançar. Naquelas poucas horas, aqueles militares também foram bailarinos.

Armstrong, o primeiro homem a pisar na Lua, braço forte até no nome, morreu em 2012; cultivou uma vida discreta, era avesso à glorificação de seu feito. Militar, talvez achasse que apenas cumprira uma missão. Mas duvido que, de vez em quando, não quebrasse seu silêncio para, ao lado da lareira, contar aos netos como foi bom pular e dançar na Lua.

Olhar sem filtro

Em pelo menos dois grandes momentos da minha vida, eu agi como a velhinha que, em foto que viralizou nas redes, preferiu observar uma cena em vez de fotografá-la — ela está cercada de pessoas que tentam registrar aquele instante com o celular.

Quando meu primeiro filho nasceu, era moda filmar os partos. As câmeras VHS proliferavam, a presença dos pais nas salas de parto tornara-se corriqueira, era um jeito que, nós, homens, havíamos encontrado para não ficar de fora da festa. Estarmos ali era um jeito de também parir.

Na época, não sei como é hoje, havia casais que não se contentavam em deixar com o pai a tarefa de registrar o parto, contratavam cinegrafistas especializados no ofício. A banalização das ultrassonografias e das cesáreas contribuía para a dessacralização daquele momento que, historicamente, era impregnado de dúvidas e apreensões. A ida para o centro cirúrgico passou a ser apenas o detalhe final de um jogo com resultado conhecido, sabia-se por antecipação o sexo do bebê; os avanços da medicina fizeram com que a possibilidade de algo dar errado se tornasse quase desprezível.

Assim, meio que descontextualizado, o parto perdia um pouco de seu caráter único, insubstituível, milagroso — o instante em que uma nova vida, severina que seja, brota do corpo de um ser humano, momento que dá aos mortais a ousadia de uma comparação com Deus. O nascimento prova que mesmo os que não creem podem criar vida.

A exemplo da brincadeira com baianos e sua suposta vocação para o mundo do espetáculo, o parto passou a ser encarado como estreia. O filho deixaria de ser visto como um complexo e indefinível resultado de mistérios, mas o singelo produto de uma atividade fisiológica, fruto dos esforços e talentos de um homem e de uma mulher. O ato do nascimento seria equivalente ao abrir as cortinas de um palco.

Na época, aos 26 anos, não pensei nisso tudo; a lógica da espetacularização não era tão evidente, mas sabia que queria ver aquele momento com meus olhos, não admitia que, além das necessárias lentes de contato (tenho uma miopia bem alta), houvesse qualquer outra intermediação entre mim e aquele instante, repito, único e milagroso.

Não queria que uma tela ou aparelho me separasse da fração de segundo em que seria surpreendido pela vida que eu ajudara a criar. Sequer sabíamos o sexo do bebê, a médica não vira razão para pedir uma ultrassonografia. Também nem pensar na ideia de colocar um profissional para registrar uma cena tão íntima, seria absurda invasão de privacidade.

Assim, com meus próprios olhos, é que acompanhei o nascimento dos meus dois filhos. Não havia câmera, qualquer intermediação, não tinha que me concentrar no foco ou no enquadramento — a preocupação era com a mãe e com os filhos. Ainda que cercados de cuidados, ela e eles estavam sós, entregues aos mandamentos e riscos da natureza; eu tinha que, pelo menos, ser solidário com tamanho desprendimento, não podia filtrar o que se passava, nem me apoiar numa máquina. De certa forma, também me despia.

Depois, quando me perguntavam se não havia gravado os partos, limitava-me a responder que sim, claro que aqueles instantes haviam sido gravados. Estão mais do que registrados, impregnados em minha memória, em minha vida, ficarão para sempre, para além de mim. Meus meninos, eu vi.

O banimento de Jeannie e Samantha

Uma foto mais ou menos atual da atriz Barbara Eden, uma nonagenária, protagonista de *Jeannie é um gênio*, disparou uma certeza: o ótimo seriado e outro igualmente delicioso, *A feiticeira*, passariam por muitas dificuldades hoje. O moralismo e o fanatismo religioso atuais implicariam com o fato de uma linda jovem, solteira, usar roupas sensuais e viver com outro desimpedido, militar ligado ao programa espacial americano, o major Nelson (Larry Hagman).

Como o diz o título brasileiro da série, a moça é um gênio, detém poderes mágicos, algo que, para muitos evangélicos de viés pentecostal e neopentecostal, seria identificado como manifestação demoníaca. A mesma classificação serviria para Samantha Stephens (Elizabeth Montgomery), de *A feiticeira*.

A divertida dona de casa era reprimida pelo marido, o publicitário James (Dick York e, depois, Dick Sargent), que tentava impedi-la de usar sua magia. Mas era inevitável que ela torcesse literalmente o nariz para acionar seus poderes e resolver problemas. A série foi tão popular entre nós, que o nome da filha do casal, Tabatha, passou a ser usado para batizar muitas brasileiras.

Escrita pelo romancista best-seller Sidney Sheldon, *Jeannie* foi produzida a partir de 1965 e durou cinco temporadas. Com suas roupas provocantes, a protagonista incentivou fantasias de muita gente — seu quarto dentro da garrafa que lhe servia de casa remetia a prazeres das mil e uma noites. Além de questionar o modelo da família norte-americana, o seriado ousava ironizar os feitos de um programa especial usado como arma na Guerra Fria e que, em 1969, levaria o homem à Lua: Dr. Bellows (Hayden Rorke), o oficial psiquiatra, era um idiota que não percebia o arranjo conjugal do subordinado nem os truques de Jeannie.

A família de Samantha Stephens se encaixava no padrão do então sonho americano, mas a presença da feitiçaria remetia a uma manifestação de intolerância no século XVII: a perseguição e condenação à morte de pessoas acusadas de bruxaria na cidade americana de Salem. Entre 1964 e 1972, a TV apresentou ao público uma família de bruxas que eram gente quase comum. Ainda revelava que, no fundo, ninguém é tão perfeito assim.

Hoje seria inviável fazer séries que descartassem conquistas como a necessária diversidade — nas duas, os personagens, por exemplo, são todos brancos. Mas, diante de tantos retrocessos, é admirável que, há 60 anos, programas destinados a crianças e adolescentes fossem protagonizados por uma jovem que, em tese subordinada ao "amo", era dona do seu corpo, e por uma dona de casa que usava seus poderes para inverter a lógica de dominação masculina.

Apesar das limitações típicas de uma visão de mundo arcaica, ambas são de tempos em que a magia poderia gerar encantamento e diversão sem que isso fosse considerado propaganda do Coisa Ruim.

O que pode e o que não pode

Mestre Janio de Freitas costuma dizer que, em textos jornalísticos, a única palavra que ninguém pode se esquecer de escrever é "não". O motivo é óbvio: sua ausência modificaria todo o sentido da frase. Além de anotar a lição, criei minha lista de palavras que devem ficar longe de uma reportagem: implico com "guloseima" — substantivo que, ironia, só existe nas páginas de jornais. Duvido que algum falante da língua portuguesa tenha, alguma vez, pronunciado essa combinação de sílabas.

Tenho arrepios também com o uso do "verdadeiro(a)": "verdadeira praça de guerra", "verdadeiro caos". Em tese, jornais só publicam verdades; se a praça de guerra e o caos fossem de mentirinha, sequer seriam assunto jornalístico. O "verdadeiro(a)" não passa de uma muleta de estilo, algo redundante, assim como o "visivelmente" alguma coisa, geralmente emocionado — como se fosse possível perceber que alguém estivesse invisivelmente emocionado. Da mesma forma, grudar o adjetivo "bárbaro" à palavra "assassinato" pressupõe a existência de homicídios fofos e delicados.

No alto da minha lista de proibições está o "pode", palavrinha desprovida de qualquer caráter. O motivo da implicância é porque, afinal, tudo pode. É improvável, mas o Botafogo pode contratar o Messi, o Bolsonaro pode passar a defender direitos humanos, o Paulo Guedes pode ganhar o Nobel de Economia, o Eduardo Cunha pode virar monge beneditino. E, por que não?, a Sophie Charlotte pode me ligar e começar a cantar "Sua estupidez" (eu desligaria o telefone, claro).

Insisto: nada do que mencionei deverá acontecer, mas não há lei que impeça a ocorrência de tais fatos. Daí que a palavra "pode" carrega uma imprecisão incompatível com qualquer tentativa de objetividade. Isso vale para o relato jornalístico ("Fulano pode ter roubado"; "Beltrano pode assumir tal ministério") e para a esfera judicial.

O "pode" é relevante no processo de apuração de uma reportagem ou de um crime, é até essencial na formulação de hipóteses, que, depois de muito suor, serão ou não comprovadas. Seria quase impossível desvendar um fato sem elencar possibilidades ou probabilidades. Mas depois que tudo tiver sido apurado, o pode deve ser chutado pra bem longe.

A questão é manter o "pode" em seu devido lugar. Com base no "pode", repórteres, policiais, promotores e desconfiados de um modo geral têm o direito ou o dever de investigar. O que não pode é embrulhar o "pode" em papel de presente e enviá-lo travestido de informação para o leitor ou espectador.

A favela perdeu seu nome

Urbanizar favelas, dotá-las de infraestrutura como a existente no resto da cidade, sai caro. Mesmo as ocupadas pela polícia, que haviam recebido UPPs e alguns outros investimentos, continuaram a dispor de uma rede de serviços precária. Para disfarçar, governos, parte da imprensa e da sociedade resolveram usar a língua portuguesa para driblar o problema. As favelas continuam com suas dificuldades, mas passaram a ser chamadas de "comunidades".

O substantivo costumava vir colado ao adjetivo "carente". É como se houvesse um pacto: não teríamos mais favelas, mas comunidades carentes. A pobreza é igual, os rios de esgotos são os mesmos, as habitações pouco mudaram, os casos de hanseníase e tuberculose ratificam a miséria. Mas a favela deixou de ser chamada de favela, e isso seria o suficiente.

Palavras não são inocentes, revelam, mesmo sem querer, as intenções e preconceitos de quem as pronuncia ou escreve. Ao fugir da palavra "favela" — uma das poucas da língua portuguesa que se internacionalizaram —, tenta-se jogar a pobreza para uma espécie de exílio.

Fundada há mais de 20 anos e hoje presente em diversos estados e até no exterior, a Cufa, Central Única das Favelas, não caiu na arapuca de descontextualização, manteve em seu nome a designação que marca e define essas áreas tão presentes no nosso cotidiano.

O engraçado é que a troca de palavras contaminou a denominação escolhida: nenhum morador de condomínio fechado da Barra diz viver numa "comunidade". Agora, isso é coisa de pobre. "Carente" passou a ter dois significados. No universo dos ricos e remediados, transmite a ideia de ausência de carinho, de amor. Em relação aos pobres, o significado é mais direto, tem a ver com falta de grana.

Ao longo dos anos, os jornais aprenderam a abrir mão de eufemismos, das palavras e expressões que tentavam apenas amenizar seus significados. Câncer deixou de ser "insidiosa moléstia", morte passou a substituir "falecimento". Em outros casos, houve uma regressão; não há mais prostitutas, mas "garotas de programa". Ao adotar essa lógica, a imprensa se iguala a um antigo ministro da Fazenda, que, para não falar em recessão, declarou que o país tivera um "crescimento negativo".

Encarar os problemas é o primeiro passo para resolvê-los. Ao insistir em chamar favela por algum apelido, a sociedade busca um jeito de evitar o constrangimento gerado pela pobreza crônica e revela sua pouca vontade de transformar a situação de tantas e tantas pessoas. Com o uso de palavras mais bonitas, tenta chutar a favela para bem longe.

Bruno e o direito do consumidor

Indefensável, de Leslie Leitão, Paula Sarapu e Paulo Carvalho é mais que a narrativa de um crime. Além de contar a quase inacreditável história do assassinato de Eliza Samudio, o livro, ao detalhar a vida do goleiro Bruno, traça um impressionante painel sobre uma parcela importante da juventude brasileira, exposta à pobreza, à falta de educação, à ausência de laços familiares. Jovens que, como no caso do ex-jogador, buscam no consumismo suprir tantas faltas, um tipo de vida também detectável em muita gente endinheirada desde o berço.

Trata-se de uma lógica comercial, desprovida de valores humanistas. Tudo teria seu preço — carros, motos, roupas de grife, barcos, amigos e amores. Em algumas religiões, até mesmo benesses divinas podem ser adquiridas, são proporcionais aos investimentos feitos pelos fiéis. Ainda no início de carreira, Bruno usou sua pouca grana para comprar um carro. A geladeira de sua casa estava vazia e ele sequer tinha condições de bancar a gasolina do brinquedo. Mas o importante era ter um carro.

Nesse universo, amizades — inclusive aquelas que nem o tempo iria apagar — têm a ver com prestação de serviços. Macarrão, além de melhor amigo do então goleiro do Flamengo, era também seu empregado, seu faz-tudo. O dinheiro serve para abreviar a busca de sexo, de namoradas. Nada de perder tempo e lábia, alguns corpos estão como se etiquetados, prontos para serem consumidos. Foi assim que Bruno conheceu e engravidou Eliza.

É mais fácil nos desfazermos de objetos do que pessoas. Mandamos para o lixo bens que se tornaram imprestáveis, que nos dão mais problemas do que satisfação. Foi assim que Bruno agiu em relação ao produto Eliza. Em sua cabeça, ela, ao engravidar, infringira uma espécie de artigo do Código de Defesa do Consumidor.

Fora alugada para lhe proporcionar alguns bons minutos de prazer, não para gerar um filho, um — vá lá — bem durável, que deveria viver mais que seu próprio fabricante. Ídolo da maior torcida do país, com chance de ser convocado para a seleção, adorado por amigos que dele dependiam, o jogador sentia-se imbatível, onipotente.

Pouco antes do crime, os advogados dele e de Eliza haviam esboçado um acordo, algo que envolvia uma pensão de R$ 3,5 mil (ele recebia, só de salário, R$ 120 mil mensais). Mas Bruno optou por uma saída que lhe pareceu mais simples, tratou de se livrar da mulher que — como um carro velho, um computador lento ou um sapato apertado — lhe causava tantas dores de cabeça. Matou uma pessoa, a mãe do seu filho; descartou o produto que considerava carregar um defeito de fábrica.

País e fingimento

Com amor, sem orgulho

Implico com a musiquinha do muito orgulho e muito amor há muito tempo, desde antes de essa praga ter se alastrado por estádios e ginásios do país, capturar milhões de mentes e gargantas e sacramentar retumbantes derrotas.

Na raiz de tudo, há uma questão lógica. Tenho, sim, muito amor pelo Brasil, mas não consigo me orgulhar do país que há mais de cinco séculos teima em maltratar seus próprios filhos. Tenho amor não pelo Brasil fodão/potência, como aquele alardeado pelos ditadores militares e pelos seus cúmplices contemporâneos e tardios, mas pelo Brasil do chamego, do dengo e do cafuné (palavras lindas de nosso africanizado português brasileiro).

Meu amor tem a ver com o profundo carinho pelas pessoas que aqui vivem, criam e tanto ralam, gente que forma um país improvável, grandalhão, meio desajeitado, unido por um idioma e diverso em tantos sotaques, jeitos, formas de conceber e de levar a vida.

Amor que aflora no deslumbre pelo passo de Delegado, que se identifica nas canções que Nelson

Cavaquinho escreveu certo por notas tortas, no grito lírico e inquisidor de Luiz Gonzaga e Humberto Teixeira, no lamento de Adoniram Barbosa pela maloca querida, nas dores de amores traduzidas por Lupicínio Rodrigues e reveladas por Jamelão, no projeto de país mais bonito, ousado e criativo de Tom, Vinicius e João Gilberto.

Meu Brasil é o Botafogo, a ousadia e altivez de Nilton Santos, a explosão verde e rosa que marca a chegada da Mangueira, a viola que ressalta a "Tristeza do Jeca", o hino nacional adotado por meu pai. Gosto do Brasil pequeno, íntimo, aquele do "Pátria minha" do Vinicius de Moraes, um Brasil que reza para tantos deuses, que não discrimina qualquer fé, que tem altares amplos e inclusivos.

Mas esse Brasil — aconchegante, generoso, com cheiro de mato e de mar — é maltratado demais pelo Brasil dos que berram seu orgulho nas arenas padrão Fifa. Aqueles que alardeiam seu amor a um projeto civilizatório construído com base na espoliação, na escravidão e na exclusão; que tentam fingir que o vestir uma, nos últimos tempos, tão maltratada, camisa amarela é suficiente para abafar tantas dores, injustiças, mortes.

Não posso me orgulhar de um país que mata seu próprio povo, que, ao longo de sua história, nega escolas, hospitais e sonhos, que abriga tanta gente que resiste a qualquer ideia de mudança. É duro dizer que me envergonho de um país que tanto amo. Envergonhar-se é talvez a única alternativa de quem ainda não perdeu a esperança de poder, um dia, orgulhar-se de um país mais justo.

Minha desconhecida geração

Um artigo do João Paulo Cuenca sobre serviço militar me lembrou o dia em que, aos 18 anos, conheci minha geração. Quando fui à Região Administrativa do Méier, quase em frente à estação Engenho Novo, para me alistar no serviço militar. Não sei bem por que o alistamento era feito ali.

Lembro que cheguei cedo, antes das 7h; havia muita gente por lá. Todos jovens da mesma idade que eu, pessoas que nunca tinha antes identificado como pertencentes à tal da minha geração. Pelo menos até aquele dia, a minha geração era formada por jovens mais ou menos parecidos comigo — filho de uma então ascendente classe média suburbana que, poucos anos antes, dera um salto social ao trocar Piedade pelo Méier.

Jovens eram aqueles amigos do prédio da rua Pedro de Carvalho ou os colegas do Colégio Metropolitano que, como eu, naquele início de 1979, se preparavam para começar um curso universitário. Jovens também eram aqueles que moravam na Zona Sul, mais descolados, que namoravam mais e melhor, que iam à praia caminhando.

Mas ali, diante daquele prédio que ficava (deve ficar ainda) no fundo de uma espécie de vila, minha geração se apresentava. Os que eu até então considerava jovens eram minoria diante dos adolescentes pobres, negros, malvestidos. Um deles, um negro de cabelos *black power*, se espremia dentro de uma calça comprida rosa-berrante, feita talvez de cetim. É improvável que, naquela época, mais de 40 anos, ele tivesse a ousadia de usar aquela roupa como uma forma de afirmação ou como provocação — vivíamos sob uma ditadura e numa sociedade ainda menos tolerante.

Mais razoável achar que, na casa do meu colega de geração, aquela era a única calça comprida disponível, pertenceria a uma irmã. E foi assim, constrangido, enfiado naquela excentricidade, que o cara amanheceu para cumprir com sua obrigação, para quitar sua dívida com a mãezona gentil.

Meses depois, aprovado no vestibular, ao me apresentar num quartel do Rocha, conheceria outro detalhe geracional. Havia um formulário a ser preenchido, e um sargento gritou: “Quem tiver um problema de vista, sabe como é, pede pro colega preencher”. Demorou um pouco para sacar que o tal problema de vista era um eufemismo, referência irônica e, no contexto, delicada, aos que não sabiam ler e escrever, um novo alerta para meu analfabetismo geracional.

A parada que nos condena

É o excesso de paradas, não de saúvas, que complica o Brasil. Não me refiro a desfiles militares, nem a pontos de ônibus. As paradas são outras, mais abrangentes, filhas bastardas, pesadas e ambiciosas do velho e quase inocente jeitinho brasileiro, que acabou sepultado pelas críticas acadêmicas e pela truculência e falta de modos que têm marcado a vida nacional.

As paradas floresceram no espaço que havia entre o tal jeitinho-quebra-aí-meu-galho e a consagração da propina, mecanismo que, catapultado por milionárias doações eleitorais e atualizado por emendas parlamentares, deixou pra trás os tempos românticos das comissões de 10%, pagas aos que roubavam e diziam fazer.

As paradas estão por todos os lados, mas ficam evidentes nas ruas. Como no caso do motorista do caminhão de entregas que pede ao guarda municipal que resolva sua parada — a necessidade de descarregar em local e horário proibidos. De um modo geral, parada tem a ver com negociação, com oferta e procura, com algum tipo de prêmio ou remuneração. Viabilizar a parada alheia está relacionada com a certeza de faturar a própria parada. É dando que se recebe.

Ouvi outro dia alguém alardear na rua do Rezende, no Centro do Rio: ninguém tem o direito de atrapalhar a parada do outro. A declaração de princípios do livre mercado da parada faz sentido: quase sempre o que está em jogo é a concessão de algo que não tem dono definido, o espaço público ou as verbas administradas por governos. Entre nós, a palavra "público" não costuma designar aquilo que é de todos, mas algo que não tem dono, é de quem pegar primeiro. Quem cede entrega algo que não lhe pertence, mas que, de alguma forma, está sob o seu tacão.

Parada serve para designar diversos gestos. O traficante utiliza a palavra para classificar a ação de matar inimigos; o miliciano, para tratar da venda de gás. É comum também na boca do juiz de futebol e na do cidadão que reclama da corrupção de políticos enquanto faz a grana escorregar para a mão do policial que iria multá-lo. Resolver uma parada não é crime, afinal.

Adocicadas por metáforas inocentes, como "água para molhar a planta", "paliativo" e "faz-me rir" (a palavra "suborno" não deve ser pronunciada), as paradas cresceram, ganharam força e poder. De vez em quando, algumas paradas viram escândalo, levam um tranco e recebem condenação social. Nada que impeça novos problemas e novas paradas. Por aqui, paradas estão sempre em movimento.

Perdi minha identidade

Ao conferir minha nova carteira de identidade descobri que perdera o número que me acompanhava desde os 15, 16 anos. Isso porque o governo federal decidiu que cada brasileiro tem que ser reconhecido por uma única combinação numérica.

Isso inviabilizou a manutenção daqueles algarismos que nos haviam sido atribuídos por estados ou pelo Distrito Federal, passíveis de serem repetidos pelos diferentes órgãos que emitiam os antigos documentos. A solução encontrada foi consagrar o CPF, uma saída óbvia, mas esquisita: o Cadastro de Pessoas Físicas, imposto pela Receita Federal, remete a alguém vinculado à máquina de arrecadação de impostos e/ou de recebimento de benefícios.

Os cartórios que emitem certidões de nascimento são chamados de registros civis de pessoas naturais — ou seja, não são apropriados para robôs e que tais. Se os cartórios só aceitam registrar pessoas naturais, por que a nossa identidade tem que ser associada a uma condição não natural, a de pagador de impostos?

Como no samba "Cartão de identidade", de Jorge Carioca e Djalma Crill, havia algumas décadas que, ao recitar aqueles nove números, eu mostrava minha identidade pra toda gente. De certa forma, eu era aquele número que decorei ao fazer o vestibular: o medo de errar na hora de preencher a ficha era tamanho, que repeti várias vezes a combinação de algarismos.

O CPF veio depois. Essa outra forma de identificação não era tão banal. Representava uma espécie de entrada na vida adulta e no mercado de trabalho, vestia uniforme ou terno e gravata. Lembro que o número definido pela Receita era impresso num cartão específico, o CIC, Cadastro de Identificação do Contribuinte. Ter um CPF num CIC era um sinal de que aquele rapaz ou aquela moça crescera, labutava, seria obrigado(a) a declarar imposto de renda.

Há uns 20 anos, a proposta de adoção de um número único foi abortada pela pressão de grupos que viam na iniciativa uma forma de controle estatal sobre o cidadão. Mas a internet e as redes sociais tornaram o argumento obsoleto, nós mesmos tratamos de entregar praticamente todos os nossos dados para governos e grandes empresas.

Assim, os tais nove algarismos foram perdendo a razão de ser, acabaram jogados na lata do lixo da burocracia pátria. Vão continuar vivos em alguns formulários e contratos, como um paciente terminal que respira por aparelhos. Mas, aos poucos, deixarão de ter utilidade e sentido; ficarão, no meu caso, associados ao garoto de cabelos castanhos, fartos e encaracolados, que formavam uma espécie de escultura sobre a minha cabeça.

Adeus, querido companheiro que confirmou minha existência ao longo de tanto tempo. Você acabou derrotado por uma espécie de primo rico e fortão, mais ligado ao nosso bolso do que à nossa existência física — era previsível, uma batalha perdida.

A vingança dos nomes

Os Hyuris, Rhayners e Adryans do futebol brasileiro terão sucessores à altura nas próximas décadas. Nas maternidades da prefeitura, quase 20% dos bebês ostentam Y, K ou W em suas certidões de nascimento. E tome de Danubyas, Tiffanys e Keycienes. Até nomes mais comuns ganham versões estrangeiradas, Julya ou Jhullya; Nycollas ou Nickolas.

O fenômeno não se repete em uma grande maternidade privada do Rio. Por lá, o índice de nomes mais, digamos, criativos não chega a 3%. Entre os nascidos numa segunda-feira, apenas uma menina recebera um Y de presente.

Como os nomes recheados de letrinhas que andaram banidas da língua portuguesa ocorrem principalmente nas maternidades públicas, dá para dizer que essa é uma opção que vinga entre os mais pobres. São eles que levam adiante a versão brasileira da Geração Y cubana — os berçários particulares, dos nenéns mais ricos, estão cheios de Bentos e Joaquins.

Mas por que razão tanta gente resolve deixar pra trás nomes tão sonoros e bonitos como Maria, José,

Benedita, Sebastião, Pedro? Arrisco dizer que isso está relacionado a uma necessidade, ainda que simbólica, de fuga da miséria. Mais, representa uma negação do vínculo com o país.

Tanto tempo depois da independência, ainda não nos livramos da lógica, comum em países colonizados, de valorizar o que vem de fora. Aqui tivemos o agravante da escravidão — suas vítimas eram obrigadas a dar aos filhos nomes cristãos, impostos por seus donos e pela Igreja. O batismo reforçava a permanência da servidão, projetava-a para o futuro. Esses nomes de escravizados passaram a ser identificados com os pobres.

Dar ao filho um nome estrangeiro ou que remete a outras culturas representaria a tentativa de apagar marcas dolorosas, de impedir a perpetuação de um dos sinais da pobreza. Funcionaria também como protesto, um jeito de mostrar uma certa vergonha do país que, ao longo dos séculos, não tem oferecido berço esplêndido à maioria de seus filhos.

Não vale ironizar a profusão de Ys, Ks e Ws — as letras representam uma espécie de vingança, o troco daqueles que não receberam, na língua materna, o carinho e o respeito que lhes eram devidos. Ao negar sua origem, os pais desses bebês deixam clara a exclusão de que são vítimas, e buscam lá fora uma esperança de dias melhores.

O dia em que Jango foi vaiado pelos gaúchos

Em 1994, repórter especial da *Folha de S.Paulo*, fui escalado para ser o carrapato de Leonel Brizola, que, pela segunda vez, tentava chegar à Presidência. Eu tinha que segui-lo em praticamente todas as suas viagens pelo país. Foi uma campanha difícil. Desgastado por conta de sua atitude no processo de impeachment de Collor — diferentemente de outros líderes oposicionistas, ele nunca demonstrou entusiasmo pela retirada do presidente —, Brizola enfrentava os petistas, ainda inconformados com a derrota de Lula em 1989, e os efeitos da derrubada da inflação pelo Plano Real, principal arma da campanha de Fernando Henrique Cardoso.

O velho líder trabalhista, que chegaria em quinto lugar na disputa, perdera força, suas viagens eram quase todas para o Rio Grande do Sul ou para cidades em que havia forte presença de gaúchos. Chegava a ser constrangedor testemunhar como seu prestígio havia se deteriorado em apenas cinco anos — na eleição presidencial anterior, ele quase alcançara o segundo turno.

Muitas vezes, por falta de voos comerciais para algumas localidades, eu pegava carona no jatinho da campanha. Um negócio meio esquisito, mas que se revelaria muito interessante. Brizola adorava falar no "fio da história", tinha a percepção de que representava um pedaço daquele interminável novelo de lutas. Sentia-se responsável por um bastão que fora empunhado por Getúlio Vargas e João Goulart, o Jango, seu cunhado. E, para minha sorte, não se cansava de rememorar o que vivera.

Na sala de embarque, o sujeito que atraíra ódios e amores de tanta gente começava a falar. Uma narrativa apaixonada, sedutora, vibrante — era como se ele, caudilho, reunisse seus homens em torno de uma fogueira para revelar segredos. E foi numa dessas vezes que falou sobre a Campanha da Legalidade, ou, simplesmente, Legalidade. Era como Brizola preferia definir um dos mais espetaculares momentos da história republicana, o período em que ele, em 1961, governador do Rio Grande do Sul, entrincheirou-se no Palácio Piratini, distribuiu armas para civis e usou um microfone de rádio para resistir a um golpe dos militares contra a posse de Jango na Presidência.

Num dos voos, Brizola narrou o balde de água fria que representou a decisão do cunhado de aceitar a solução parlamentarista, que lhe retirava poderes; o governador e aquelas milhares de pessoas reunidas diante do palácio sentiram-se traídos. Contou que, ao chegar a Porto Alegre, o ainda vice-presidente foi até uma das sacadas do Piratini para saudar o povo — e acabou sendo vaiado e xingado.

"Foi chamado de covarde", relatou Brizola, gesticulando e reforçando o peso do 'r', que, alongado, parecia disparar rajadas de indignação. "Mulheres que haviam passado dias na praça tiravam suas calcinhas e as ofereciam para ele. Diziam: 'Toma, é o que mereces, não honraste tuas calças'".

Naquela noite — revelou Brizola —, Jango não conseguiu dormir sozinho. Horas depois de ser enxovalhado, o futuro presidente, que assumiria um cargo destituído de muitos poderes e que, três anos depois, seria defenestrado, foi para o quarto do marido de sua irmã Neusa, para o quarto do governador do Rio Grande do Sul. E lá, ao lado do cunhado, adormeceu chorando.

O revolucionário que amava rezar a Santa Missa

Estive com dom Helder Câmara lá pelo início dos anos 1990, quando apurava uma reportagem sobre a crise enfrentada pela Teologia da Libertação, corrente que destacava o papel revolucionário da pregação de Jesus. A conversa foi na pequena Igreja das Fronteiras, no Recife, onde ele, aposentado, morava.

Esperava recolher um depoimento indignado contra os golpes desferidos, a partir de Roma, contra uma Igreja que buscava se aproximar dos pobres. Encontrei um homem que aparentava mais que seus 80 e poucos anos, frágil, baixinho, encurvado, que em nada lembrava o "Bispo Vermelho", que desafiara ditadores, tivera seu nome proibido de ser citado nos jornais.

Substituído na Arquidiocese de Olinda e Recife por um ultraconservador, que demolira boa parte de seu legado, dom Helder parecia não guardar ressentimentos. Escapou de perguntas que buscavam captar revolta ou rancor, ignorou minhas provocações. Num esforço, reassumiu o tom profético de outros tempos; como se estivesse num púlpito ou palanque, revelou sua alegria: poder, todas as manhãs, rezar a Santa Missa.

Fiquei decepcionado. Aquele fiapo de homem, metido numa batina branca de algodão que dançava em torno de seu corpo, não parecia ser o mesmo que despertara a ira dos militares, que em 1980 fora abraçado por João Paulo II e por este chamado de irmão dos pobres e, portanto, seu irmão.

Besteira minha. Em seus últimos anos de vida, dom Helder exalava a paz dos que sabem ter cumprido sua missão. Para reconhecer a santidade de alguém, o Vaticano costuma exigir a comprovação de uma ou outra graça obtida pela intercessão do candidato ao altar. Dom Helder fez mais — movido pelos ventos do Concílio Vaticano II, incomodou poderosos, ajudou a tirar a Igreja de um atoleiro medieval. Provocou o milagre de converter tanta gente a uma causa decisiva, a que prega o direito de todos a uma vida digna, a algum céu na Terra.

O banquinho de Galileu

Foi em sua casa nos arredores de Petrópolis, logo depois de o cardeal Joseph Ratzinger ter sido eleito papa, que Leonardo Boff me contou uma ótima história sobre Bento XVI. Em 1984, o brasileiro, teólogo e, na época, frade franciscano, fora convocado por Roma para um colóquio com Ratzinger, então responsável pela Sagrada Congregação da Doutrina da Fé, sucessora do Santo Ofício. Na pauta do encontro, estava o livro *Igreja, carisma e poder*, condenado em uma investigação feita na Arquidiocese do Rio, comandada pelo conservador Eugênio Sales.

A questão principal não estava relacionada às tendências socializantes da Teologia da Libertação, o que mais incomodava a Cúria Romana era a proposta de mudanças na estrutura de poder da Igreja. Boff clamava pelo resgate de tradições eclesiásticas, o poder deveria emanar dos fiéis, e não da hierarquia. No início da Igreja, ressaltava, os bispos eram eleitos pelo povo.

A Igreja até admitia bafejos de justiça social que partiam da esquerda, mas não suportava o questionamento da estrutura de seu poder. Por isso, Boff foi chamado. Com ele, embarcaram dois cardeais franciscanos, Paulo Evaristo Arns e Aloísio Lorscheider, homens que, durante a ditadura, souberam honrar seus compromissos com a fé, o cristianismo e a justiça.

Ao chegar ao local do interrogatório, Boff interrompeu Ratzinger, que, depois dos cumprimentos de praxe, queria iniciar logo seu questionamento:

— Cardeal, no Brasil, em momentos como este, costumamos, antes, fazer uma oração. Gostaria de convidá-lo a rezar um Pai-Nosso.

Constrangido, Ratzinger iniciou a prece. Depois, apontou o banquinho em que Boff deveria sentar-se, o tamborete que, ao longo de séculos, servia de apoio aos interrogados pelo poder da Igreja e que, em muitos casos, constituíra em plataforma de lançamento para a fogueira. O frade aproveitou a deixa e fez uma nova e cortante provocação, que ressaltava o destino trágico de alguns de seus predecessores:

— É uma honra me sentar no mesmo banco onde se sentaram Galileu Galilei e Giordano Bruno.

Rebeca quebra a conciliação brasileirinha

O funk que a ginasta Rebeca Andrade levou para suas apresentações marcou uma ruptura com sua mais óbvia antecessora, a também ginasta negra Daiane dos Santos. Ao escolher "Brasileirinho" para embalar e sustentar seus movimentos, Daiane optou pelo modelo de celebração nacional proposto pelo choro composto, em 1947, por Waldir Azevedo, e que, dois anos depois, receberia letra de Pereira da Costa. Uma trilha sonora que ainda parecia fazer sentido na primeira década do século XXI.

Ao preferir "Baile de favela", de MC João, funk carregado da linguagem dura e sexualizada que tanto marca o gênero (a letra chega a ter versões *hard* e *light*), Rebeca rompeu com a conciliação exaltada pelo chorinho que fala de um brasileiro entusiasmado, que abafa, encanta e faz todo mundo dançar. O Brasil e o brasileiro não são mais os mesmos.

A dureza da quebrada tomou o lugar do aconchegante fundo de quintal, como se, no país de hoje, não houvesse mais espaço para um choro-exaltação que remete ao mulato inzoneiro citado em "Aquarela do Brasil". Não dá mais para botar o Rei Congo no Congado, a parada é outra.

A brasileirinha Daiane deu lugar à brasileiríssima Rebeca, a filha de empregada doméstica que exibe sorriso de porta-bandeira e a ginga sensual de passista. Como disse uma professora da dança do samba, ex-passista da Portela, a uma de suas alunas que sonhava em brilhar na Avenida: "Faz cara de quem gosta", ensinou, cheia de malícia. O conselho parece ter chegado a Rebeca.

Daiane era meio Nossa Senhora Aparecida. Como o manto da Padroeira, seu "Brasileirinho" parecia querer cobrir um país tão desigual. Ela bem que tentou, mas não deu certo; as injustiças e a violência falaram mais alto. Rebeca é Iansã, mulher que faz ventar e trovejar; que, borboleta, encanta como uma tocata de Bach, mas, também búfalo, alegra, assusta e faz tremer como as festas de favela. Com seus passos e saltos, a campeã olímpica ressalta os bailes de Helipa, Marconi, Eliza Maria, São Rafael. Lembra de um Brasil da favela, tão pouco venerado. Nos chama pra dançar, nos alerta e, com seus raios, anuncia que os tempos mudaram.

Em Paris, Rebeca embalou seus passos e saltos com a sanfoninha de Anitta, música que começa com uma provocação: "Vocês acharam que eu não ia rebolar a minha bunda hoje, né?". A ginasta mostrou que entende do rebolado — com os movimentos de um Brasil mais afirmativo e desafiador, mostra que suas medalhas refletem o brilho de muita gente que não abre mão de participar do baile.

O pôster do Dines

Parece exagero dizer que me senti órfão com a morte do Alberto Dines, nunca trabalhei com ele, nunca tivemos muita proximidade. Mas estive algumas vezes em seu *Observatório da Imprensa*; nos seus 80 anos, fiz, ao lado do Bruno Trezena, uma entrevista com o aniversariante para *O Dia*, uma conversa em que ele reafirmou sua fé nos jornais e no jornalismo.

Em 2016, a Abraji (Associação Brasileira de Jornalismo Investigativo) concedeu ao Dines o prêmio de Contribuição ao Jornalismo. Eu tive a honra de, na abertura de nosso congresso, fazer a entrega da homenagem à sua mulher, a também jornalista Norma Couri. Dois anos depois, ao saber da morte desse grande cara, fiquei muito triste. Doente havia alguns anos, com dificuldades financeiras — como é dura e cruel essa nossa profissão —, Dines continuava a ser uma referência, principalmente num momento tão delicado para o país e para a própria imprensa.

Tenho o maior orgulho de um quadro, pendurado aqui no meu escritório, que reproduz a primeira página do *Jornal do Brasil* de 12 de setembro de 1973, dia seguinte ao golpe de Estado que derrubou o presidente chileno Salvador Allende. Há alguns anos, comprei a reprodução fotográfica daquela capa em que o jornal, então dirigido por Dines, deu um olé na censura da ditadura brasileira.

A história é célebre: jornais tinham que ser discretos em suas primeiras páginas, nada de título e foto sobre o caso. Dines, que estava em casa, voltou à redação e fez um golaço de criatividade e coragem, algo que me emociona sempre.

Jornais haviam sido proibidos de dar manchetes e de publicar fotos do golpe em suas capas. Ele, sem desobedecer ao que fora imposto, tratou de driblar as ordens. Quebrou a lógica tijolo com tijolo do concretismo que marcava as primeiras páginas do *JB* desde 1959 e criou um pôster mais do que chamativo: todo o espaço foi ocupado por um longo texto em quatro colunas, composto num corpo muito maior que o habitual. Sem usar título ou foto, fez o jornal gritar nas bancas. Por conta do gesto, acabaria demitido.

Pedi ao Dines que autografasse a cópia, ele teve o cuidado de só escrever a dedicatória numa das margens. "Não se pode escrever na obra", ressalvou — outra lição. Obrigado por tudo, mestre. Outro dia, fotografei o quadro e notei meu reflexo no vidro que o protege: da maneira menos arrogante e cabotina possível, procuro ser digno desse reflexo.

A dor da gente não sai no jornal

Nós, jornalistas, adoramos falar mal do nosso ofício. Costumamos ressaltar a tensão, a carga horária, os salários, os plantões, os prazos. É quase impossível encontrar, num grupo de três ou quatro jornalistas, uns cinco ou seis que não estejam reclamando da vida e do trabalho (o nível de queixa chega a ultrapassar a lógica matemática). Por cobrarmos tanto de tanta gente — governantes, policiais, empresários, lideranças sindicais —, talvez não consigamos ficar sem nos queixar da vida que decidimos ter.

Mas a profissão tem suas vantagens. Desfrutamos de uma singular proximidade com os fatos. Bombeiros trabalham em incêndios; policiais, em locais de crimes; atores, em teatros; jogadores de futebol, em estádios. Nós trabalhamos em incêndios, locais de crimes, teatros, estádios, enterros, igrejas, sets de filmes pornográficos, no Sambódromo, no Congresso Nacional.

Essa característica acaba tornando nossa casca mais grossa. Na hora do trabalho, tendemos a não chorar em velórios, aprendemos a não comemorar gols de nossos times, a não xingar quem merece ser xingado. A necessidade de concluir nossas matérias acaba se impondo diante de alegrias e tragédias. Essa imposição nos dá certo sentido de urgência e de utilidade.

Em 7 de abril de 2011, diante do fuzilamento de 12 crianças na Escola Tasso da Silveira, na Zona Oeste do Rio, cada um de nós tinha algo a fazer: correr para o jornal, ir para Realengo, telefonar para policiais, para governantes, para entidades da sociedade civil.

Nessas correrias, demonstramos evidente insensibilidade. Entramos onde não deveríamos entrar, falamos alto, importunamos parentes de vítimas. A preocupação com a busca de uma informação exclusiva chega a ocupar, por alguns longos momentos, o lugar da tristeza. Vigiamos sites de concorrentes, vibramos quando os superamos, esticamos o horário do fechamento; é como se, de alguma forma, tivéssemos necessidade de retardar o momento de dar como concluído o nosso trabalho.

Talvez porque, na hora em que o jornal começa a rodar, fiquemos novamente desprotegidos, expostos à barbárie como qualquer outro cidadão. Foi o que ocorreu naquela noite. Depois do fechamento da edição, na madrugada de sexta, muitos dos que participamos da cobertura nos reunimos num bar na Tijuca. Sabíamos que, já despidos de nossa armadura profissional, não seria simples ir para casa e dormir, o peso da tragédia se impunha sobre todos nós, precisámos da companhia dos colegas, todos havíamos encarado aquele horror. Ter uma missão é essencial na hora em que tudo parece perder o sentido. Naquele dia terrível, fazer jornal nos ajudou a não sucumbir.

Cheiro num livro

Meus livros e seus vizinhos

Na infrutífera busca por um determinado livro, acabei, há algum tempo, tomando a decisão radical de mudar o critério de arrumação da principal estante de casa, que reúne ficção e obras sobre jornalismo e história recente do país.

O maior problema foi com a ficção, estrangeira e nacional. Eu havia desenvolvido um critério absolutamente maluco, que me permitia organizar os volumes de acordo com minhas idiossincrasias. Começava as prateleiras dos estrangeiros com os autores portugueses, e deles pulava para angolanos, moçambicanos; depois, vinham os hispânicos, russos, franceses, norte-americanos, britânicos, por aí. Só que já não conseguia encontrar muitos livros. Fiz um mix esquisito: mantive separados os escritores lusófonos, os que escrevem em espanhol e em russo. Depois, ordem alfabética para todos.

Graças à decisão de isolar algumas nacionalidades e idiomas, consegui manter algumas brincadeiras, como a de colocar lado a lado autores que haviam cultivado rixas entre si — Gabriel García Márquez e Mario

Vargas Llosa; Saramago e Lobo Antunes poderiam, assim, continuar a brigar pelas madrugadas.

No setor nacional, a confusão era maior ainda. Eu costumava priorizar clássicos e escritores contemporâneos de minha preferência, entre eles, diversos amigos. Mas cadê que eu achava o título X ou o Y; desorganizado desde sempre, sequer conseguia mais juntar livros de um mesmo autor.

Então, parti pra caretice, e tome, aqui também, de aplicar a ordem alfabética. Foram dois dias insanos, com poeira e livros espalhados, mas o resultado ficou divertido. Há autores que devem estar irritadíssimos com os novos vizinhos, mas, em outros casos, surgiram boas coincidências.

João Antônio e Marçal Aquino certamente terão longos colóquios sobre personagens que vivem nos cantos escuros das grandes cidades; o mineiro Paulo Mendes Campos falará de carioquices com Antonio Callado, Flávio Carneiro gostará da companhia do Rafael Cardoso e do Bernardo Carvalho, Carlos Heitor Cony e Flávio Moreira da Costa também terão bons diálogos. Marcelino Freire e Daniel Galera discorrerão sobre pernambucanos, paulistas, gaúchos e tratarão de muitas memórias da infância e juventude.

O animado e extrovertido Jaguar vai elogiar os livros e brincar com os personagens, que, criados por Flávio Izhaki, giram em torno de tantas dúvidas. Como livro não sofre efeitos do álcool, poderão beber muito na conversa (nessa disputa, sou mais Jaguar, e dou vários copos de vantagem para ele). *Rio bandido*, do amigo Ronie Lima, puxará conversa com *Cidade de Deus*, de Paulo Lins. Manifestações culturais populares serão tema dos camaradas Nei Lopes e Júlio Ludemir.

Alberto Mussa não vai reclamar da companhia, ficou entre Marcelo Moutinho e Raduan Nassar. Vou esconder um gravador por ali e, assim, registrar as conversas entre Moutinho e Mussa, pontuadas pelos silêncios do Raduan. O pobre do Antônio Prata vai ter que se virar para arrancar palavras do sintético Graciliano Ramos, mas haverá de seduzir o alagoano com seus textos e tiradas.

Sérgio Rodrigues ficará feliz da vida. Poderá, enfim, discutir futebol com os primos Henrique e Nelson. Para ajudar a quebrar o gelo, coloquei *O drible*, do primeiro, capa a capa com *À sombra das chuteiras imortais*. De vez em quando, Sérgio poderá se virar para a esquerda e dar alguns conselhos ao também mineiro Guimarães Rosa. Logo ali ao lado, Lygia Fagundes Telles e Antônio Torres, grandes conversadores, trocarão histórias e vidas.

Xico Sá exultará ao saber que ficou ao lado de Carola Saavedra. Luiz Antonio Simas falará de encantarias com Edney Silvestre; Márcio Souza e Cristóvão Tezza protagonizarão um delicioso diálogo Norte-Sul. Ali perto, Verissimo rirá baixinho na direção do paranaense, e comemorará a presença da Paloma Vidal (o gaúcho terá que disputar sua atenção com o Luiz Vilela).

E, caramba, onde ficaram os meus livros? Como quem manda aqui sou eu, tratei de arrumar lugar numa cobertura que remete aos altos do Cosme Velho. Sim, é isso mesmo que você pensou, tratei de me colar no Machado de Assis, que espero não ter ficado irritado com a petulância e a ousadia.

Personagens, esses ditadores

Outro dia, o Sérgio Rodrigues publicou um post bem legal, em que discute a autonomia dos personagens numa obra de ficção. Até que ponto, afinal, o autor se vê escravo de suas criaturas?

Como ele, eu também achava que o tal poder dos personagens não passava de conversa fiada de escritores, algo que dava assunto para entrevistas, estimulava a imaginação dos jornalistas e leitores, acrescentava algum charme à tarefa de escrever. Isso, até começar a criar meu primeiro romance, o *Notícias do Mirandão*, que seria lançado em 2002.

Durante o processo, descobri que — caramba, é verdade! — autores acabam presos aos personagens, impedidos de obrigá-los a dar saltos mortais, duplos *twists* carpados. O desenrolar da trama nos obriga a respeitar características básicas dos caras, a evitar o que o Augusto Boal chamava de "mágica": pela lógica do seu Teatro do Oprimido, espectadores podiam/deveriam interromper a peça para mudar a trama. Tudo era possível, desde que as intervenções respeitassem a lógica do texto. Quando havia uma proposta absurda (a chegada de ETs numa festa, por exemplo), Boal interrompia a cena e gritava: "Stop! C'est magique!".

Ao escrever o *Mirandão*, procurei tornar a história crível, verossímil, capaz de envolver o leitor, fazer com que ele não largasse o livro por conta de algo absurdo, que indicasse uma forçada de barra. Respeitei muito os personagens. Um ano depois, resolvi transformar em livro reportagens que fizera para o *Fantástico* sobre o Antonio Expedito Carvalho Perera, um personagem espetacular, ex-militante de extrema direita que vira advogado de uma organização de esquerda clandestina, a VPR, hospeda Lamarca em casa, é preso, torturado, banido. Um sujeito que, na Europa, acaba cúmplice do Carlos/Chacal — então o terrorista internacional número 1 — e, depois, representante do PCB na Itália.

Uma história absurda, cheia de reviravoltas, difícil de ser engolida numa ficção. Mas, como no filme do Welles, era tudo verdade. O cara teve uma vida inverossímil, mas tudo aquilo ocorrera. Mergulhar na vida do Perera para escrever *O homem que morreu três vezes* foi fundamental para este autor de ficção. Aprendi que o respeito à lógica do personagem não deve impedir o ficcionista de trabalhar com algo muito humano, a imprevisibilidade que existe em cada um de nós. Todos podemos surpreender.

Mas personagens são tinhosos. Ao tentar mandar no escritor, muitas vezes, podem estar apenas procurando impedir que possamos conhecê-los melhor e, assim, expor suas mazelas. Por isso, de vez em quando, vale dar um passa-fora nesses atrevidos.

As angústias narrativas do feto de McEwan

No seu ótimo romance *Enclausurado*, o camisa 10 Ian McEwan faz mais do que conferir uma improvável verossimilhança a uma história contada por um feto na barriga da mãe. O livro é também metáfora do processo de uma gestação literária: o inglês brinca com a lógica do narrador-deus, onipresente, onipotente e onisciente, algo questionado por alguns escritores.

Narradores improváveis não chegam a ser novidade. No fim do século XIX, Machado de Assis deu voz — e que voz! — a um defunto, o sujeito que dedica o livro ao primeiro verme que degustara suas carnes. Mas Brás Cubas trata de memórias, de situações vividas. O quase bebê de McEwan é, como o *Repórter Esso*, testemunha de uma história, de fatos em tempo real, que ocorrem diante de sua casca de noz (o título original do livro é *Nutshell*).

Ao se responsabilizar pela narrativa, o feto se depara com problemas conhecidos pelos ficcionistas. Em tese, ele é o dono da bola, sabe de tudo, poderia mudar os rumos da trama, redigir a versão preferida de uma história "real", que afirma ter vivenciado — no papel de romancista, nos contou uma possibilidade dos fatos, poderia optar por outra.

Mas, isolado em seu escritório apertado e desconfortável — o ventre materno —, o colega acaba se dando conta de como é relativo o poder de quem inventa e/ou relata uma história. Apesar de saber de tudo o que acontece, de poder mexer na narrativa, de criar alguns incidentes (não abre mão de dar uns chutes voluntários na barriga da mãe), ele não tem o domínio absoluto de seus personagens.

Antes de me sentar para escrever meu primeiro romance, duvidava de escritores que se diziam reféns de seus personagens. Há tempos que admito meu erro de julgamento. Os poderes do autor diminuem muito depois que ele escala seu time e o coloca pra jogar, não dá pra inventar um pênalti quando a jogada se passa no meio do campo.

Lembro também de uma novela da Globo em que o personagem do Mário Lago escrevia e publicava livros com novos finais para antigos clássicos — nada de mortes trágicas de protagonistas, de desfechos tristes (se não me engano, na nova versão, Capitu e Betinho terminavam felizes para sempre). As recriações acabavam encalhadas, ninguém comprava os livros; leitores desprezam falsidades no reino da invenção.

Confinado à barriga da mãe, o feto gerado por McEwan fica sabendo de tudo o que está sendo dito e tramado, e quer dar um jeito de mudar a sequência da história. Pensa em soluções mágicas e até em abandonar de maneira trágica sua participação naquele enredo, como um autor que apagasse tudo o que havia escrito ou queimasse a única versão de seu manuscrito.

Revoltado com o que se passa, com o que escuta, o feto se revolta, mas, bom escritor que é, acaba admitindo suas limitações, percebe a impossibilidade de produzir um novo fim para aquela trama. Dá para mexer aqui e ali, criar algumas armadilhas para os personagens, mas não é viável mudar o que estava escrito antes mesmo de ser digitado ou impresso. Ele descobre, como confessa na penúltima frase do romance, que o significado chega depois da história.

A vida renovada de Antonio Cicero

Antonio Cicero decidiu morrer, mas, num daqueles paradoxos tão presentes na poesia, teve a vida renovada na Academia Brasileira de Letras — instituição que entre nós consagrou o princípio da imortalidade, a ideia de que os sempre lembrados permanecem vivos.

A homenagem, um pequeno show da irmã Marina Lima, estava prevista antes de o poeta, vítima de Alzheimer, optar por um suicídio assistido na Suíça. Realizado depois de sua morte, o evento, que contou também com a leitura de textos de e sobre Cicero por quatro acadêmicos, ganhou um significado ainda maior.

Foi uma celebração radical do poeta, letrista e filósofo, e, principalmente, de sua obra — a criação que dá a qualquer autor, pelo menos, a doce ilusão de ser capaz de driblar o fim. Marina deixou isso evidente ao revelar que o show tinha sido o último pedido do irmão, para que fossem lembradas as músicas que haviam composto mundo afora.

Afetada por um erro médico, a voz de Marina não é a mesma que embalou tanta gente a partir do fim dos anos 1970. Mas nenhum dos presentes ao Teatro R. Magalhães Jr., na ABL, era o mesmo daquela época, uns poucos sequer haviam nascido. O reencontro com a artista que compôs e lançou tantos clássicos — a maioria em parceria com Cicero — carregava, portanto, marcas do tempo em praticamente todos que estavam por lá.

Algo que reforçava a ausência e — outro aparente paradoxo — a presença do poeta: "Quem sabe o fim não seja nada/ E a estrada seja tudo", como na letra de "O meu sim", composta pela dupla e apresentada no show. As canções, os poemas e os textos deram ao espetáculo um ar de sarau, de festa, que se sobrepunha à ausência do inspirador daquela tarde. Pegando carona com os versos de Vladimir Maiakóvski, não estávamos alegres — afinal, Cicero morrera —, mas a permanência de sua obra nos tirava um pouco da razão de ficarmos tristes: o mar da história é agitado.

Na véspera, a ABL elegera seu novo integrante, o romancista Edgar Telles Ribeiro, que herdou a cadeira 27, que fora ocupada pelo poeta. A homenagem a Cicero e a eleição marcaram o fim e o início de ciclos só aparentemente contraditórios. É como ressalta, numa de suas mais belas canções, o também acadêmico Gilberto Gil (um dos que estavam no teatro): "Se a morte faz parte da vida/ E se vale a pena viver/ Então morrer vale a pena/ Se a gente teve o tempo para crescer/ Crescer para viver de fato/ O ato de amar e sofrer".

Aos 79 anos, Antonio Cicero decidiu morrer ao perceber que não teria mais uma vida plena, como a louvada pelo confrade. Devido às circunstâncias, seria um exagero dizer que, como na letra de Gil, ele tenha abraçado sua morte — mas abriu seus braços e nos ajuda a fazer um país.

A Olympia e suas marcas

No ótimo *Woody Allen — Um documentário*, de Robert B. Weide, o diretor de *Annie Hall* e *Manhattan* conta que desde sempre escreve seus textos numa máquina de escrever Olympia portátil — tenho uma quase igual (a dele é marrom; a minha, verde). Isso foi o estímulo que faltava para a até então sempre adiada busca de um técnico capaz de recuperar o instrumento que tanto usei para escrever trabalhos de escola e um ou outro esboço de conto.

Fabricada na Alemanha, a Olympia verde foi parar em Viçosa, Minas Gerais, na casa dos tios Divino e Inês. No início dos anos 1960, a máquina acabou migrada para o Rio, teve como destino o escritório de contabilidade do meu pai, em Cascadura; era parte do pagamento de um piano comprado para a prima Valéria. É dessa época a foto em que eu, com uns dois anos, sentado no sofá de casa, coloco indicadores sobre o teclado da Olympia. Foi quando a toquei pela primeira vez.

Na década seguinte, a máquina trocaria Cascadura pela casa de Piedade, e, depois, pelo apartamento do Méier, sempre que eu precisava datilografar algum trabalho. De tanto ir, acabou ficando. É diante dela que — registra uma foto de 1984 — estou sentado, vestido com camiseta que exigia eleições diretas para presidente.

Com a chegada do computador, a Olympia perdeu sua utilidade, mas não me desfiz dela, que me seguiria por muitas casas. Numa dessas mudanças, deve ter levado um tombo que a deixou travada. A falta de uso gerou o acúmulo de poeira e o adiamento de sua ida para a oficina, o que só ocorreria depois do filme sobre o Allen.

Há uns anos, numa Flip, o escritor argentino César Aira frisou que, por conta dos sistemas computadorizados, não era mais possível entender o funcionamento de uma máquina (carro, geladeira, o próprio computador) a partir de sua desmontagem. Qualquer mecânico seria capaz de desmontar um Fusca e entender como seu motor operava. Hoje máquinas são cheias de segredos, de circuitos, de conexões — se desossar a geladeira de casa, encontrarei uma placa tão enigmática quanto a que recheia e dá vida ao notebook em que escrevo este texto.

Não trocarei o computador pela Olympia, mas admito certa saudade da marca no papel que traduzia o peso do golpe desferido em cada tecla, dos caracteres que não podiam ser apagados sem deixar rastros. As letras de hoje em dia, que somem das telas sem gerar vestígios, são menos confiáveis, ajudam a traduzir um mundo em que o escrito, o dito e o prometido não valem mais tanto assim.

O repórter e o prêmio Nobel

Gostamos de nos lembrar dos fatos agradáveis, de alardeá-los em mesas, publicá-los nas redes sociais — a viagem, o novo amor, um elogio, um campeonato. Mas trancamos na gaveta os episódios tristes, fracassos profissionais, um pé no traseiro, o gol feito pelo adversário. O problema é que derrotas nunca são esquecidas, ficam se fingindo de mortas e, de vez em quando, avançam na nossa jugular como um tigre faminto.

Em 2014, li que Gabriel García Márquez havia morrido. Tinha nota para apurar, coluna pra escrever, não dava pra entrar em estágio de velório virtual do querido escritor. Mas os diabinhos da memória trataram de sabotar meu trabalho com a lembrança de uma página infeliz de minha história, episódio — patético na época, engraçado hoje em dia — que protagonizei com o autor de *Cem anos de solidão*.

Aos 24 anos, em 1985, fui a Cuba cobrir um festival de cinema. O Brasil não havia reatado relações com o país de Fidel, pernoitamos no aeroporto de Lima para pegar uma conexão. O avião com a delegação brasileira ainda foi obrigado a fazer uma escala imprevista no

Panamá, onde passamos outra noite. Desembarcamos em Havana dois dias depois de sair do Rio, e fomos direto para a abertura do festival.

Cheguei cansado, envergando uma daquelas ridículas camisetas de turista que comprara no Panamá para não chegar em Havana com a roupa que usara por 48 horas. Cheio de disposição — era a primeira viagem internacional que fazia como jornalista —, pisei no Teatro Karl Marx pensando nas futuras reportagens. Nisso, o cineasta Silvio Tendler fez a gentileza de me apresentar ao Gabriel García Márquez.

Cara de enfado, o escritor, que três anos antes havia recebido o Prêmio Nobel, fingiu um sorriso ao apertar a mão daquele assustado jovem repórter que vestia a camiseta com motivos folclóricos panamenhos. Sem saber o que fazer, fiz o óbvio, de forma desastrada. Com a sutileza de deputado que negocia propina com doleiro ao telefone, balbuciei, em portunhol: "Usted me daria una entrevista?". Sem largar a minha mão, o escritor pronunciou a palavra que, a exemplo da frase que abre o romance *Crônica de uma morte anunciada*, eu jamais esqueceria: "No".

Fiquei constrangido, irritado comigo mesmo pela proposta feita de maneira apressada, capenga. Mas levar um fora é do jogo, no jornalismo e na vida. Para citar outro trecho célebre de Gabo, o cheiro amargo que ficou daquela cena patética ajuda a amenizar outros tantos desejos contrariados. E ainda ganhei uma história para ser contada — vivemos para contar.

Aldir e o cor-de-rosa

Foi a Mary Sá Freire, na rua do Ouvidor, que me lembrou da história. Disse que sempre ficava envergonhada ao me ver — era impossível não se recordar do que o maridão Aldir Blanc fizera. Distraído, flutuando naquele buraco negro que separa a Livraria Folha Seca da Toca do Baiacu, demorei a entender. Até que me lembrei do episódio a que ela se referia.

Em 2004, foi lançada a coleção *Meu querido canalha*, que reunia contos de alguns escritores, entre eles o genial bardo da Muda. Aldir, na época ainda não um recluso, já causara alguma confusão no lançamento, no Bar Lagoa: ameaçara tacar um ventilador no Marcelo Moutinho, que, segundo ele, arrastava a asa para uma de suas filhas.

Tempos depois, fui convidado para mediar um debate sobre a tal coletânea na Bienal do Livro carioca. Cometi a imprudência de aceitar. Bienal não é como a Flip: tem um público mais amplo, muitas famílias, muitas crianças. E famílias e crianças lotavam o auditório do Riocentro. Na mesa, havia outros autores, lembro do Geraldinho Carneiro.

Aldir chegou depois de algumas cervejas, meio tímido, sem jeito. Pra piorar, ao apagar um cigarro, abriu um buraco no forro plástico de um pufe que lhe servia de cadeira; o incidente fez com que ficasse ainda mais retraído. O debate corria solto, e ele, nada. Umas frases curtas, uns monossílabos. Até que, numa hora, ao perceber a plateia meio fria, ele deu uma empinada e, ao microfone, talvez percebendo a ansiedade por uma frase mais definitiva, tratou de dar sua versão para o tema da conversa.

— Vocês querem, né? Então, tá. Canalha é o sujeito que, depois do amor, abraça a mulher amada pelas costas, deita-se em suas ancas nuas e decreta: "Cu cor-de-rosa é sinal de bom coração".

Do palco, vi mães tapando ouvidos de filhos, pais saindo apressados do auditório. Segurei o riso, fiz cara de estante e, tentando não perder o rebolado, passei a bola adiante:

— É com você, Geraldinho.

Sem hora marcada

O namoro da grade da prefeitura

A foto, feita pela repórter Luisa Bustamante, registrava de longe as carícias de dois adolescentes com uniformes de escola que, num sábado, se apertavam contra as grades da sede da prefeitura, na Cidade Nova, Centro do Rio.

O enquadramento isolava o casal no canto esquerdo, estabelecia uma cumplicidade com os personagens e fazia um contraponto à lógica de exposição total e absoluta que marca o nosso tempo. A distância respeitava a intimidade dos namorados, criava uma solidariedade com seus sentimentos — na certa, achavam que estavam isolados do mundo, só eles existiam.

Imponentes, as árvores que emolduravam e davam ritmo à cena também exerciam o papel de guardiãs. É como se, alinhadas, estivessem prontas para dar um chega pra lá em eventuais enxeridos. Ninguém teria o direito de interromper aquele amasso entre os dois colegiais.

Na foto, eles não se beijam. Encostada na grade, a jovem envolve o pescoço do garoto. Ele, meio tímido, limita-se a colocar as mãos na cintura da menina. Não dá pra ver, mas é justo admitir que, em meio ao afeto e o desejo, ambos sorriam. Estavam felizes pelo encontro, pelo drible aplicado nos colegas na hora da saída, nos pais que os esperavam para almoçar.

Driblaram, quem sabe?, até mesmo seus respectivos namorados. A busca por um local inusitado — tão exposto e, ao mesmo tempo, tão protegido (quase ninguém passa por ali nos fins de semana) — permite admitir algum grau de clandestinidade na situação.

Pelo abraço meio sem jeito, é possível supor que aquela tenha sido a primeira vez que o rapaz e a moça ficaram. Nesse caso, o verbo "ficar" dispensa a palavra "juntos" e qualquer outro complemento. Apenas fixa a ação, não estabelece um passado nem um futuro para aqueles dois, tem compromisso apenas com o instante da imagem.

Um momento que, de tão exclusivo — pertence àqueles jovens —, é também de todos os que já ficamos eufóricos e felizes ao protagonizar situações semelhantes, quando o mundo parecia girar ao nosso redor.

O amor que teria sido inventado

Dando uma das minhas habituais voltas nesse mundão sem porteiras da internet, me deparei com artigo que cita um livro do psicanalista Jurandir Costa Freire, *Sem fraude e sem favor — Estudos sobre o amor romântico*. Nele, o autor sustenta que o amor "é uma crença emocional e, como toda crença, pode ser mantida, alterada, dispensada, trocada, melhorada, piorada ou abolida".

Mais, diz que o amor, como o conhecemos, foi inventado, assim como a roda, o casamento, o computador, a democracia e os deuses. É como se a ideia do amor fosse uma espécie de casca de banana, em que voluntariamente nos dispuséssemos a pisar. Assim, nos arriscaríamos a cair em depressão ao comparar nossos amores — capengas, cheios de medos, dúvidas e limites — com as paixões perfeitas e arrebatadoras dos filmes e novelas. Cultivaríamos sarnas para nos coçar e frustrar.

Faz sentido, mas não dá para jogar em Hollywood e nos velhos e adocicados livros a culpa por essa suposta invenção do amor, por sua imposição. As referências ao sentimento e às sensações que provoca são bem anteriores. Quem duvida pode dar uma folheada no "Cântico dos cânticos" da Bíblia, apenas um entre os muitos exemplos possíveis.

Por mais imperfeito, frágil e volúvel que seja, o amor é algo humano, não tem necessariamente a ver com o suprimento de necessidades. Um animal se afeiçoa a quem o alimenta e abriga, mas resisto a classificar como amor algo mais próximo a uma lógica de sobrevivência.

Talvez o problema esteja relacionado ao ângulo de observação. Ao equiparar o amor a objetos e crenças, Freire parece, digamos, disposto a rebaixá-lo, a colocá-lo no seu devido e pouco ilustre lugar. Mas pode ser o contrário: o amor fica bem na foto das boas criações humanas.

Mas prefiro acreditar que o amor não foi inventado, mas, sim, sintetizado numa palavra que — com todas as limitações e imperfeições da linguagem — tenta traduzir, definir e enquadrar aquela intraduzível, indefinível e não enquadrável profusão de sentimentos e desejos; nem todos nobres, mas inegavelmente humanos. O suposto ato intelectual que teria criado o amor não seria, assim, fruto de mentes dispostas a nos fazer sofrer, mas apenas uma resposta aos anseios que deveras já carregávamos.

Caetano e os riscos de amar

Foi há muito tempo, num improvável show no teatro do Instituto de Educação, na Tijuca, que ouvi, pela primeira vez, Caetano Veloso cantar aquela que é uma das mais belas canções, "Eu sei que vou te amar". Mais que interpretar, ele fez algo que lhe daria o direito de ser parceiro de Tom Jobim e Vinicius de Moraes.

Acompanhado apenas de seu violão, Caetano foi ao limite das notas, e chegou ao céu nos agudos do "Eu sei que vou sofrer/ A eterna desventura de viver". Ao fazer isso, ele ressaltou ali a faca só lâmina do amor. Arriscou-se ao chegar à última fronteira da afinação, divisa entre o paraíso e a tragédia, aquela fração de tempo que separa o gozo (*la petite mort*, para os franceses) da tristeza; enfatizou as contradições, esperanças e medos presentes em todos os amores.

Ao escalar o Everest do pentagrama, ao desafiar a lógica e a segurança, ao correr o risco de desafinar e desabar lá do alto, Caetano fez a mais perfeita tradução da expectativa, do prazer, do desespero e dos perigos do amor.

Dizem que o ar rarefeito das grandes altitudes afeta o raciocínio. Foi esse desafio que Caetano encarou, subiu uma montanha quase impossível para poder gritar seu amor. Mesmo sabendo — os autores da canção deixaram isso evidente — que seria para anunciar a insegurança, que aquele amor, como qualquer outro, seria eterno apenas enquanto durasse. É assim mesmo, tudo passa, tudo um dia passará, resumiram Lulu Santos e Nelson Motta. Cantar o mais alto do amor inclui o pressuposto e a quase inevitabilidade da descida — nada haveria mesmo depois do topo.

Trilha sonora para os corações solitários

Neste Dia dos Namorados, um conselho para os desiludidos, que tomaram chute no traseiro, aqueles cujos cotovelos fazem buracos em mesa de bar: a trilha sonora para hoje deve passar longe dos CDs em que Jamelão canta Lupicínio Rodrigues (esses, tarja preta, deveriam ser vendidos apenas com receita médica) e de Chico Buarque.

Este, nosso maior compositor, é impiedoso ao falar de separações e da permanência de amores desfeitos. Perfura o peito ao descrever o sangue que erra de veia, o pijama largado ao pé da cama, o adorar pelo avesso. Com ele, não tem conversa, a tristeza é infinita, cheia de cicatrizes; o amor liga afobado, deixa confissões e confusões na secretária eletrônica.

Não adianta disfarçar, mudar de calçada quando aparece uma flor: fica patente o sentimento de perda, a melancolia de um amor a ser deixado para amantes que, no futuro, dele desfrutarão. Sobra também um amor-contemplação, perdido num improvável tempo da delicadeza, "Onde não diremos nada/ Nada aconteceu / Apenas seguirei/ Como encantado ao lado teu".

A essa altura, você deve estar certo de que, por hoje, é melhor deixar o Chico fora do ar. Sugiro então um mergulho em Paulinho da Viola. Mestre no diagnóstico de amores findos, do beijo que já não arde, ele, apesar da dureza das constatações, tem uma postura mais plácida, menos hemorrágica em relação ao que passou, e consegue até transmitir alguma expectativa de felicidade.

Em "Pra fugir da saudade" (com Elton Medeiros), confessa que, num samba, desfaz o que lhe fora feito. Vale chorar e, depois, retirar "De todo amor o espinho/ Profundamente deixado" ("Coração imprudente", com Capinam). Conforma-se até em saber da paixão irrealizável por um coração leviano, que nunca será de ninguém. Não quer viver enganado.

Aqui ele recorre a Cartola e a Bide e roga para que a malvada, ao ouvir os seus ais, volte ao lar pra viver em paz; ali, admite sofrimento e a dificuldade de ficar sem a companheira. Na maior parte das músicas sobre o tema, Paulinho transpira mais resignação e menos desespero, tateia alguma esperança, fala, também com Elton Medeiros, de um coração que seja um lago tranquilo, onde a dor não tenha razão.

Ele não aponta saídas, mas, craque experiente, ajuda a acalmar o jogo, a botar a bola no chão. E, como ressalta em "Coisas do mundo, minha nega", não deixa de buscar a melhor forma de se viver.

Corações partidos, por Herbert e Paulinho

Outro dia, coloquei pra tocar no carro o *Victoria*, álbum de Herbert Vianna. Difícil agora é apertar o *stop* no meio de qualquer uma das 20 faixas em que o cantor e compositor, com a habilidade e frieza de um cirurgião, corta e costura corações.

O líder do Paralamas é o mais discreto entre os popstars do rock brasileiro. Daí, talvez, venha parte de minha identificação com ele. Herbert usa óculos, é meio sem jeito, era esnobado pelas meninas do Leblon. Mas a capa de timidez esconde uma crueza, explicitada em versos como os que, em "Pense bem", alertam para o risco de uma separação: "Se deixar morrer/ Nada traz o amor de volta".

Intimista, como se gravado num quarto atulhado de livros, discos e alguma memória praiana, o *Victoria*, aqui e ali, atinge o alvo crucial, o momento em que se constata o fim de uma história: "Pra começar/ Dizer que o amor chegou ao fim" ("Pra terminar"). Em "Eu não sei nada de você", o cara admite lutar por algo que não é mais seu; na faixa seguinte ("Junto ao mar"), chuta de vez o balde: "Estranho é o amor/ Quando já não está".

A ênfase no tema faz lembrar Paulinho da Viola, mestre em detectar, no beijo que deixou de arder, "o reverso inevitável da paixão" ("Quando bate uma saudade"). Creio que Herbert adoraria assinar versos como "Nenhum sinal de emoção/ Não quero você assim" ou "Não quero sentir em tua boca/ Esse beijo frio é caso perdido", presentes em "Não quero você assim" e "Estamos noutra" (esta, composta por Paulinho com Elton Medeiros).

Outro que parece se sentir pouco à vontade no papel de estrela, Paulinho não se constrange em arremessar petardos, como o presente em "Tudo se transformou": "A razão desta tristeza/ É saber que nosso amor passou". Em "Momento de fraqueza", se dá ao luxo de brincar: "Um samba/ Sem querer cantei errado/ Não era amor sem fim/ Mas sim amor já terminado".

Integrantes de gerações diferentes, ligados a movimentos musicais, que, vindos da mesma raiz, seguem caminhos que pouco se cruzam, Herbert e Paulinho construíram, sem querer, uma tabelinha de fazer inveja a Pelé e Coutinho. É quando, por exemplo, o roqueiro lança a bola em "Sinto muito" — "Dentro de você, existe alguém/ Existe alguém que quer nos afastar" — e o sambista arremata com "Hoje vejo nos teus olhos/ Que a flor do nosso amor morreu" ("Não é assim"). Cruéis, muito cruéis, como dizia aquele velho locutor esportivo.

O menino baiano de Praga

Meu amigo adorava me chamar de complicado, de enrolado, dizia que eu sempre dava um jeito de deixar tudo meio confuso. Atribuía isso, em parte, à minha condição de torcedor do Botafogo. Ele exibia a tradicional marra rubro-negra, a falsa certeza do vencer--vencer-vencer. Eu, filho de mineiro e consciente dos infindáveis mistérios e possibilidades que há entre e o branco e o preto, sempre fui mais desconfiado.

Ele ressaltava minha enrolação, mas não conseguia explicar a própria origem. Isso mesmo depois de tantos anos — 37! — de convivência, de tantas festas, de tantos bares e de tantas cervejas (e vinhos, e uísques).

Ri muito quando, no ano passado, o jornal que ele comandava — o *Correio*, de Salvador —, publicou que ele era carioca. O sujeito nasceu num país, a Tchecoslováquia, que nem existe mais. Culpa da simpatia que o pai, o também jornalista Flávio Costa, nutria pelo socialismo. No meio de uma viagem em direção a Moscou, tinha uma Praga no meio do caminho — e foi por lá que a Ieda, baiana como o marido, pariu o Sérgio.

Segundo ele, sua primeira certidão de nascimento registrava a chegada ao mundo de mais um Sergei. Ainda no primeiro dia de aula, na Escola de Comunicação da UFRJ, ele descreveu o documento, que saudava mais um camarada que ajudaria a construir uma pátria sem amos, a Internacional.

Eu achava que o primeiro endereço brasileiro do meu amigo fora em Salvador; outro dia, me disseram que não, sua família viera inicialmente para o Rio e, anos depois, mudou-se para a Bahia, pouso que seria trocado por Paris e pela Cidade do México. Depois, ele voltou para cá e, há sete anos, para a capital baiana. Um lugar era pouco para quem sempre soube chegar, que virava local assim que pisava em uma nova terra.

Tarefa facilitada por sua rara qualidade de ouvir mais do que falar, de prestar atenção no outro, de se esforçar para compreender o que não entendia bem. Oráculos e gurus se mantêm ligados às mudanças, sabem como é perigoso ficar rodando em torno das próprias certezas. Ele, criativo, avesso ao óbvio, tinha sempre novos caminhos para sugerir, um jeito simples de descomplicar pessoas e situações.

Meu amigo sempre foi generoso — nos elogios, na oferta de comida e bebida e na relação com a mulher, com os filhos, amigos e colegas. Roubando o mote de reportagem do *Correio* e citando — só pelo Sérgio eu faço isso — o hino do Flamengo, friso que ele tinha prazer em nos ver brilhar. Meu amigo morreu há oito dias, e tudo ficou mais triste e complicado.

Tiara

Digito, entre aspas, "Yara da Cruz Reis" no Google. Nada. As respostas negam a possibilidade de resposta: avisam que só há respostas sem aspas. Aqui uma Yara, ali uma da Cruz, mais adiante uma Reis. Pedaços de um nome inexistente naquele universo de tanta gente, de tantas desimportâncias. Tento de novo, dessa vez com "I" no lugar do "Y". O resultado é o mesmo. Nada entre aspas, nada completo, que faça sentido. De novo na tela, o nome próprio esquartejado, espalhado, sem significado, disperso entre tantos outros.

Não, não neguemos o Google, sua importância, seu papel de acumulador-geral da nossa história. Mas, valei-me, Nelson Rodrigues, não neguemos também a burrice do Google, sua apatia, sua insensibilidade, sua incapacidade de não ser óbvio, acumulador-geral de nossas limitações. Envergonhe-se, Google, de não registrar o nome ali de cima. Entre em crise, recorra a programadores e analistas — a todos os tipos de analistas. Chicoteie-se, Google, penitencie-se, peça perdão, diga que não presta, reconheça, enfim, suas limitações, seu despreparo, sua ignorância.

Yara da Cruz Reis morreu anteontem, à 0h30 de terça, aos 82 anos. Morreu jovem, mais jovem do que eu, mais jovem do que quase todos nós. Foi mais solidária, mais generosa, mais ativa, mais brigona, mais forte, mais decisiva, mais certa e mais errada. Por não ter medo de errar, quase sempre acertava. Foi sempre mais, nunca menos. Construiu uma felicidade coletiva, que individualizava, que guardava nomes, fatos, possibilidades, soluções. Estava sempre certa, mesmo quando errava do alto — muito alto, e ponha alto nisso — de seu 1,50 metro de altura.

Como assim, Google, não registrar o acalanto de todos nós, sobrinhos, de nossos filhos e, mesmo, de alguns netos, seus sobrinhos-netos? Como não saber das unhas cortadas, das febres domadas, de tantas e tantas soluções? Vai me dizer, Google, que não sabe dos cuidados também dispensados aos que vieram antes e aos que chegaram pouco depois? Das noites dormidas na sala, dos olhos tão míopes que — milagre! milagre! — não se embaçavam no meio da madrugada, na hora da sopa, do remédio, do café com leite? E das broncas, e das broncas, e das broncas: ninguém calava aquele seu ardor. Ninguém segurava aquelas mãos que costuravam, que pintavam-bordavam; que, do nada, em pleno ar, faziam linhas voarem em pontos, em nós, em arremates — em mantas, sapatinhos, casacos. Tudo o que aquecia, que protegia, que abrigava.

Sabia não, Google? Lamento por você, que não sabe de nada. Isso eu soube, sempre soube, nunca deixarei de saber. Tive e tenho o privilégio de saber. E, para que você não esqueça, registro aqui o nome da Tiara. Esse nome, Google, agora entra em seus registros, com todas as suas formas e possibilidades. Com o "Y" original, com o "I" errôneo, com a contração-apelido. Você ficará um pouco menos ignorante, Google. E, acredite, como qualquer um que a conheceu, até você, a partir de agora, ficará bem melhor.

Bola, brinquedo essencial

Pelé não era Pelé

Pelé volta e meia era ironizado por se referir a si na terceira pessoa: em suas nem sempre felizes declarações, ele sempre falava "no Pelé". O que poderia parecer arrogância era uma demonstração de sabedoria, algo que fica mais evidente diante do egocentrismo desastrado de tantos ídolos pop, jogadores de futebol ou não. Jovens que acreditam mesmo ser aquilo tudo que falam deles, pessoas que estariam além da condição humana, deuses intocáveis, inquestionáveis, donos de todas as razões.

Astro aos 16 anos, campeão do mundo aos 17, Pelé deve ter percebido que não seria fácil ser Pelé, o maior jogador do esporte mais popular do mundo. Ninguém suportaria o peso de ser Pelé o tempo todo. Daí ele terceirizou o personagem, o fato de seu nome profissional ser um apelido facilitou o processo, ajudou a marcar as diferenças entre o Edson e o Pelé. É como se ele mantivesse uma distância segura do personagem, do "Rei de todos os estádios", do Atleta do Século, do homem que fez parar uma guerra, do jogador que ganhou três das quatro copas que disputou. Até para Pelé, Pelé é uma outra pessoa.

Maradona, muito mais cultuado na Argentina do que Pelé é por aqui (ninguém criou uma igreja com seu nome), foi um dos que sucumbiram ao peso de ser quem é. Maradona não suportou o prazer e o ônus de ser Maradona. Pelé foi mais sábio, soube separar o ídolo do cidadão — um sujeito bem complicado, que resistiu muito a reconhecer uma filha que era a cara dele, sequer foi visitá-la em seu leito de morte. Esteve envolvido naquele caso de desvio de grana destinada ao Unicef, história contada pelo Mário Magalhães.

Graças à separação de personas, Pelé poderia até alegar que as safadezas foram cometidas pelo Edson Arantes do Nascimento, não pelo Pelé que tanto nos encantou. Eu, que tanto critiquei as caneladas que ele cometeu fora de campo, uma vez me vi pegando seu autógrafo. Questionado, respondi que fizera o pedido não ao Edson, mas ao grande Pelé, o jogador que mais perto chegou da perfeição.

Os garotos do Barcelona

Se eu tivesse uns nove anos e fosse bom de bola, sonharia com La Masia, a incubadora de craques do Barcelona. Desejaria virar um Xavi, um Iniesta, um Messi. Diante dos velhos problemas do futebol brasileiro, La Masia surge como uma espécie de paraíso para todo garoto peladeiro. Lá os jovens candidatos a craques têm toda a estrutura necessária para desenvolver seu talento.

Mas, para citar um livro do André Sant'Anna, será que o paraíso é assim tão bacana? Uma vez, depois de me deslumbrar com mais uma vitória do Barça, vi, no *Jornal Nacional*, reportagem sobre a nova La Masia, um prédio de cinco andares que é residência e escola para meninos a partir dos 12 anos. Aos poucos, comecei a perder meu encanto com toda aquela organização.

Em que pese a paixão pelo esporte que vive em cada um de nós, torcedores, a máquina do Barcelona tem o objetivo principal de gerar e movimentar dinheiro. Tanto que, volta e meia, nomes de dirigentes ligados ao clube aparecem publicados ao lado de palavras como "acusado" ou "suspeito". O futebol celestial do time catalão também tem seus demônios.

Os meninos de La Masia são bem tratados para que tornem a indústria ainda mais lucrativa. O centro de treinamento lembra aqueles requintados haras, locais onde cavalos são confinados para gerar lucros. Recebem todos os cuidados, têm direito a uma farta e equilibrada alimentação, aos melhores veterinários. Assim como os cavalos, os tais jovens viram peças da fábrica de craques — por sinal, a palavra peças, tão comum no futebol, foi muito usada no Brasil para designar escravizados.

Os garotos do La Masia deixam de ser meninos, são transformados em capital, em fonte de futuros lucros. Acabam afastados de suas famílias, de suas amizades, de seus países, de suas referências. Não frequentam escolas convencionais, têm como amigos apenas os colegas/rivais do Barcelona — até suas primeiras paixões serão subordinadas à lógica da vida em La Masia. Aos 12 anos, não têm direito a dúvidas quanto ao futuro; seus destinos estão traçados, há um dever a ser cumprido. Em muitos casos, passam a carregar expectativas de prosperidade de toda a família, e ai dos que não corresponderem aos planos alheios. Em eventuais momentos de fraqueza, ouvirão que são ingratos, que não dão valor à sorte, à oportunidade que receberam. Às vezes, tenho alguma pena dos privilegiados meninos do Barça.

27/6/1971 – o dia em que conheci a injustiça

O lançamento de um livro sobre o Campeonato Carioca de 1971 reabriu uma ferida que jamais cicatrizou. Aquele 27 de junho foi o dia em que eu, aos dez anos, perdi a inocência. Diante do absurdo cometido pelo árbitro do jogo — um sujeito cujo nome até hoje não pronuncio —, percebi o que era a injustiça. Ao contrário do que era pregado nos quadrinhos e nos desenhos animados, nem sempre o bem vencia o mal.

O Botafogo era conhecido como "Selefogo", reunia craques que, no ano anterior, tinham sido fundamentais na conquista da Copa do Mundo: Jairzinho, Paulo César, Brito e Carlos Alberto Torres. Havia disparado no campeonato, houve até quem propusesse o fim antecipado da competição, tamanha a vantagem alvinegra. Mas o time caiu de produção, perdeu um jogo e empatou dois. Mesmo assim, seria campeão em caso de novo empate na disputa com o Fluminense.

O jogo seguia no 0 a 0 até os 43 minutos do segundo tempo, quando — como dói lembrar — uma bola foi lançada na área do Botafogo, o goleiro Ubirajara

Motta pulou para fazer a defesa e recebeu um empurrão escandaloso do Marco Antônio. Livre, Lula não teve trabalho para pegar a sobra e fazer o gol, um gol confirmado pelo inominável juiz. Vale lembrar que o Fluminense era, na época, conhecido como o time que melhor atuava no Tapetão — referência aos gabinetes dos que dirigiam e julgavam o futebol.

Revi o gol diversas vezes; criança, contava com a possibilidade de ouvir um apito retardatário e salvador, som que restabeleceria a justiça sobre a Terra. Nada. As imagens se repetiam, mostravam o empurrão, a queda do Ubirajara, o chute, o gol — e nada do tal apito.

É possível que a ausência do gesto que anularia o gol tenha me preparado para encarar os episódios que se sucedem na vida brasileira. Sobras de campanha, desvio de merenda escolar, compra de votos, superfaturamento em obras públicas, nepotismo, consultorias suspeitas, parlamentares que não se emendam. Não me conformo com nada disso, mas admito que tudo faz parte da mesma lógica que nos tirou o título — as evidências têm valor apenas relativo, o mundo não é justo.

De lá pra cá, o Botafogo foi prejudicado (mais) e beneficiado (menos) pela arbitragem, mas nada foi tão marcante quanto aquele escândalo da final do campeonato de 1971. A ausência do apito revelou que eu não deveria me espantar com nada, o ser humano era capaz de tudo, não havia lugar para a inocência.

Figurinhas que ficaram na infância

Ao contrário de muita gente que também gosta muito de futebol, não faço os álbuns das Copas. Acho que isso tem a ver com um trauma de infância. Lá pelos meus sete anos, havia, em Piedade, uma febre em torno de um álbum, nem sei mais qual era o seu tema. Mas lembro que penei para conseguir uma figurinha difícil. A imagem completava a página em que um misterioso personagem envergava a camisa da seleção — a figurinha trazia o rosto do sujeito.

Depois de comprar muitos e muitos envelopes, de reunir um bolo imenso de cromos (só editor paulista deve chamar figurinha de cromo), consegui o que faltava, acho que o adquiri no mercado paralelo, sei lá. O tal jogador era o... Roberto Carlos, ele mesmo, o cantor, Rei da Juventude, Rei da Jovem Guarda, o rei daquele álbum.

Desde então, comecei a implicar com essa história de investir uma grana para comprar algo no escuro; o gasto e a frustração aumentam à medida em que o álbum vai sendo preenchido, as figurinhas repetidas passam a se acumular. Suspeito que, aí, passei a ficar adulto, o sentido prático começou a dar uns dribles na fantasia.

Anos depois, quando meus filhos eram pequenos, as figurinhas voltaram à minha vida. As editoras incluíam nos álbuns uma cartela que, se preenchida e enviada pelo correio, permitia a compra das imagens que faltavam. Em tese, o recurso — uma espécie de Tapetão infantojuvenil, de embargo infringente — deveria ser usado apenas em última instância; afinal, eliminava o efeito-surpresa, a emoção de abrir o envelope e de encontrar aquela imagem necessária para concluir o álbum.

Uma vez, porém, perdi a paciência e saí marcando todas as muitas figurinhas que faltavam, umas 80 de um total de 200 e poucas. Fiz uma espécie de gol com a mão, um tento roubado, que nem de longe foi mais gostoso. Sei que hoje tenho até uma certa inveja de amigos ainda fascinados pelas figurinhas, é como se eles conservassem algo dos tempos de criança.

Como consolo, acho que a fixação nos álbuns aponta para outro tipo de lógica infantil, a que busca um mundo em que até surpresas desagradáveis podem ser trocadas. Naquelas páginas, todos têm lugar definido, a brincadeira termina quando tudo fica arrumadinho. Ao crescer, percebemos que tal ordem é provisória, a vida é bagunçada, figurinhas que julgamos bem coladas dão um jeito de sair de páginas, espaços antes preenchidos acabam ficando vazios. O jeito é esperar outra Copa para comprar outro álbum.

Furacão no Leme

Foi na tarde de um 31 de dezembro. Ao passar pelo Leme, na rua Antônio Vieira, esquina com Gustavo Sampaio, fui alertado pelo amigo rubro-negro: "Olha ali o seu ídolo!". Ele não mentira. De pé, ao lado de uma mesa de bar, estava Jairzinho, ex-craque do Botafogo e da seleção brasileira, talvez o nosso mais importante jogador da Copa de 1970 — o "Furacão" fez gols em todos os jogos, alguns belíssimos, como os contra a Tchecoslováquia; outros fundamentais, como os dos jogos com Inglaterra e Itália.

Há alguns anos, ao sair do Maracanã, cruzei com ele, mas não cheguei a abordá-lo. Limitei-me a apontá-lo para meus filhos, falei alto que ele tinha sido uma das estrelas do primeiro time do Botafogo que vi jogar. Foi em 1967, em General Severiano. Um timaço: Manga, Moreira, Zé Carlos, Leônidas e Valtencir; Carlos Roberto e Gérson; Rogério, Jairzinho, Roberto e Paulo Cézar.

Herdeiro da camisa 7 de Garrincha, Jairzinho, no Botafogo, passou depois a jogar com a 10. Foi bicampeão carioca (1967/68) e do Rio-São Paulo (1964–66) e campeão brasileiro (1968). Em 1972, meteu três dos gols alvinegros na histórica vitória de 6 a 0 sobre o Flamengo, que, naquele dia, fazia aniversário. Veloz, forte, driblador, dono de ótima visão de jogo, disputou também as copas de 1966 e de 1974.

Resolvi falar com ele. Cheguei lá, apertei sua mão, desejei feliz Ano-Novo. Jairzinho fez cara de espanto, não tinha a menor ideia de quem era aquele que o abordava. Eu disse meu nome e agradeci pelas muitas alegrias que ele me proporcionara. Em seguida, apresentei minhas saudações alvinegras. Engraçado, mas Jairzinho pareceu ter ficado surpreso com meu gesto e minha referência ao Botafogo. Com um gesto carinhoso, me agradeceu; claro que não precisava.

Ele deve estar mais do que acostumado a receber cumprimentos, admito que, volta e meia, torcedores sejam meio chatos com seus ídolos. Mas considero ser obrigação reverenciar quem me fez feliz, ninguém cala minha alegria pelos títulos que Jairzinho ajudou a trazer para o Botafogo e pelos golaços que, com a camisa amarela, fez pela seleção. Ele e outros grandes jogadores fazem com que eu possa ainda me sentir criança. Naquela sexta, voltei aos seis anos, às arquibancadas de General Severiano — se é que algum dia eu saí de lá.

O Maraca que era nosso

Não aguentei ficar mais de dez minutos na pré-inauguração do novo estádio do bairro do Maracanã. Convidado, cheguei de micro-ônibus, entrei por um portão ao lado do Julio Delamare, parque aquático que também quase foi destruído, crônica de uma outra demolição anunciada. Pisei num lobby com piso de granito, algo como a sala de espera de um bom e moderno teatro.

Encontrei o jornalista Alexandre Freeland e admiti que estava com medo de atravessar o túnel que levava às cadeiras. Temia pela certeza de não encontrar o Maracanã, o Maraca que também era meu, um estádio que conheci menino, levado por meu pai — ele, que então ressaltou a particularidade de a marquise, monumental, não ser sustentada por colunas visíveis. Não há mais a marquise.

Tomei fôlego e atravessei o túnel, e fiquei triste, muito triste, com muita vontade de chorar. O que vi em nada se comparava com o impacto, antes sempre renovado, de encarar a arquibancada cheia, desafiadora e, ao mesmo tempo, acolhedora. Arquibancada que me abraçava e que me ameaçava e me encantava. O novo estádio do bairro do Maracanã é bonito, bonito e funcional como um ginásio da NBA.

No lugar da quadra há um gramado, talvez pouco maior do que o de futebol *society*. Insisto, é bonito, mas não é o Maracanã. Fiquei perdido, não sabia onde estava, onde ficavam as antigas tribunas de honra e de imprensa. Não havia referências, apenas uma gradação cromática nas cadeiras amarelas e azuis.

Não há mais aquele espaço vazio entre a arquibancada e as cadeiras, uma quase caverna circular, buraco negro que recebia nossas alegrias e nossos lamentos. Já não sabia em que lado do campo o Maurício fez, em 1989, o gol que lavou duas décadas de tristezas, naquele que foi um dos dias mais felizes da minha vida.

Não sabia mais também onde foi que o Jefferson defendeu o pênalti cobrado pelo Adriano, onde ficava o gol que Garrincha, em sua despedida, tentou acertar. Não sabia mais onde chorei derrotas e comemorei vitórias, o pedaço da arquibancada onde me encontrava com o Sérgio França, com o Ivan. Não sei onde que recebi a ligação de um dos meus filhos que, da Itália, telefonava para comemorar um campeonato do Botafogo.

Ao olhar para o alto, não vi de novo a marquise sem colunas. Ainda fiz algumas fotos, forcei um sorriso, ressaltei para mim a relevância de estar ali, mas fui embora. Confesso que chorei ao atravessar de volta o túnel, ao pisar o chão de granito, ao cruzar a porta de vidro e o portão que levou até a estátua de um Bellini tão perdido quanto eu.

O gosto da vitória

Em homenagem ao nosso eterno mascote, o vira-lata Biriba, aposto um pacote grande de Royal Canin: garanto que nenhum alvinegro acreditava, naquele início de 1995, na possibilidade de o Botafogo ser campeão brasileiro. Apesar de aguerrido e de contar com o artilheiro Túlio, o time, bem acertado pelo técnico Paulo Autuori, não tinha muito ibope nem com o presidente do clube, Carlos Augusto Montenegro — ele havia declarado que a chance do título nacional só existiria em 1996.

Desconfio que boa parte das esquisitices que se manifestam no Botafogo e em seus torcedores têm a ver com nossas três datas de nascimento — as relativas à fundação dos clubes de remo, de futebol, e de futebol e regatas. Nenhum astrólogo consegue trabalhar com tantas possibilidades de combinação, tudo conosco é meio esquisito, impossível se fazer mapa astral assim. Tanto que comecei a desconfiar na possibilidade de chegarmos mais longe no campeonato ao ver um jogo em que seríamos derrotados.

Perdemos (2 a 1 para o Palmeiras, lá em Presidente Prudente), mas jogamos bem, muito bem. Sabe quando você, evitando alardear otimismo, cutuca o amigo ao lado e diz algo como "Sei não, mas...". Pois. Ali, naquele jogo, sexta rodada do primeiro turno, deu para murmurar o "Sei não". Na partida seguinte, ganhamos do Grêmio, em Porto Alegre ("Sei, não..."); mais à frente, despachamos o time da Gávea, que tinha Romário, Sávio e Edmundo — mas, PQP, o Túlio é que era o artilheiro do Brasil.

E assim fomos avançando, jeito de mineiro come-quieto, que finge não querer nada e vira dono de banco, poeta maior, presidente da República no lugar do titular que havia sido expulso de campo. Fomos chegando, chegando. Na última rodada da fase classificatória, metemos 3 a 1 no Santos, uma prévia do que viria pela frente. Na semifinal, despachamos o Cruzeiro — e que venha o Peixe de novo.

Falei que foi um ano esquisito. Tão estranho que, no primeiro jogo da final, fui ao Maracanã com meu filho mais velho (o outro tinha só quatro anos) e — absurdo! — aceitei a companhia de um adversário, o querido amigo santista Hermann Nass. Mas eles é que estavam otimistas, que tinham certeza do título, da vitória. A arrogância era tamanha que os caras comemoram a derrota de 2 a 1 aqui no Rio — mais à frente, morreriam pela boca, como frisou *O Globo*, que tinha, como editor de esportes, um nada discreto alvinegro, o César Seabra.

Vi a última partida em casa, um apartamento na Tijuca, cercado de todas as precauções prescritas no *Manual alvinegro de sobrevivência*, livro que decoramos antes mesmo de nascer. Superstições? Nada disso, apenas cuidados básicos, como usar aquela camisa e aquela cueca, manter aberta (ou fechada, sei lá, faz tempo) a porta do quarto, impedir qualquer aproximação da então cônjuge, torcedora do time que evito nominar (ainda mais agora, na hora do jogo).

Jogo, que jogo? Não me lembro de quase nada. Lembro do gol do Túlio (Maravilha, faz mais um pra gente ver!) — gol que só viria a ser contestado no intervalo, graças ao tira-teima. Na hora (confiram o VT, no YouTube), nenhum jogador santista reclamou, levantou o braço, correu pra cima do juiz ou do bandeirinha. Eles ainda empataram — um gol irregular.

Tenso, comecei a delirar, meus olhos me traíam, tentavam fazer com que eu acreditasse numa sucessão de bolas chutadas no nosso gol, todas defendidas pelo Vagner. Nada daquilo aconteceu, ninguém poderia agarrar tanto assim.

Acho que, depois do jogo, passei por General Severiano, tenho uma vaga memória de algum sanduíche e de incontáveis chopes no Cervantes. Ficou também, e para sempre, um adorável sabor de Seven-Up, desde então meu refrigerante favorito, Dom Pérignon de qualquer botafoguense.

Meninos que não chegam mais ao Maracanã

Não me lembro de minha primeira ida ao cinema ou ao zoológico, mas não esqueço a minha estreia no Maracanã, o dia em que, como escreveu Armando Nogueira, fui menino-que-chega — “Esse é o glorioso destino do grande estádio: cada menino que chega é grama nova que floresce no campo”. O Botafogo venceu o Madureira, 1 a 0.

Ao levar os filhos ao Maracanã, pais cumprem um ritual de iniciação. O evento vai além da ligação entre pai e filho, é um momento crucial de renovar, por mais uma geração, o amor por determinadas cores e símbolos, algo que nos acompanhará por toda a vida.

Antes de ir ao Maracanã, eu havia sido levado a General Severiano, para outro jogo contra o Madureira. Foi ótimo ver de perto jogadores como Manga, Leônidas, Gérson, Jairzinho, Roberto. Mas nada se comparava ao impacto de me descobrir no então maior do mundo, de encarar aquela imensidão das arquibancadas. Hoje, o estádio não é mais o mesmo, ficou mais confortável e acanhado, mas não deixa de ser o Maracanã.

O problema é que essa sua adaptação à nova ordem do futebol consolidou uma mudança no preço dos ingressos, que dificulta a chegada de meninos pobres ao estádio, impede que eles participem do tal rito ao lado de seus pais. Claro que há exclusões muito graves e vergonhosas, como a falta de acesso à boa educação, ao saneamento, ao atendimento médico. Mas a expulsão dos sem-grana do Maracanã é uma maldade que rompe um dos fios que ajudaram a transformar o futebol em elemento central de nossa cultura, de nosso jeito de ser. Numa sociedade tão dividida e injusta, a mistura de ricos, pobres e remediados — que lá compartilhavam das mesmas angústias e alegrias — apontava o caminho para uma convivência mais ampla. Isso, da mesma forma que o nosso futebol, de origem tão elitista, cresceu ao se miscigenar.

Em "Menino-que-chega", o alvinegro Armando Nogueira fala de "tanta gente sem endereço", que, no estádio, teve seu momento de herói e semideus. Como Gilberto Gil em "Lunik 9" — ao mesmo tempo contente e triste pelo desbravamento da Lua —, comemoro a possibilidade de os times brasileiros ficarem mais fortes, mas não dá para aceitar que isso implique fechar as portas a tantas pessoas, gente que, como também disse Armando Nogueira, tinha no Maracanã sua hora "de viver a vitória que lá fora a vida negou-lhe a semana inteira".

O Botafogo e a vida (dezembro de 2023)

Torcer para um time de futebol é como crer em signo do zodíaco, no tarô e, no limite (e olha que não consigo ser ateu), em deuses, santos, entidades. Com o tempo, passamos a nos adaptar ao que mitologias dizem que somos: aquariano, filho de Deus, desse ou daquele orixá.

A gente acaba dando um jeito de entrar no figurino que escolhem ou que escolhemos para vestir — aperta aqui, encolhe a barriga, mais isso e aquilo. Um dia, percebemos que não conseguimos mais nos separar da roupa/fantasia que nos veste e habita, passamos a ser uma unidade. Precisamos nos identificar com algo que nos preceda e que vá além de nós, os mitos facilitam nossa necessidade de ter alguma referência no mundo, de explicar o jeito como agimos, o que somos.

Nesse sentido da transcendência, nada pra mim é mais significativo do que ser Botafogo. O radicalismo das cores — o preto da ausência e o branco da soma —, as listras paralelas que só se encontram no infinito, e a Estrela: única e solitária, como cada um de nós nascemos e morremos.

Com o Botafogo, aprendi a cultuar os ancestrais — Heleno de Freitas, Garrincha, Didi, Nilton Santos —, a ver neles o meu pai e meu avô paterno, botafoguenses. E a descobrir neles meus dois filhos, alvinegros; não faz tanto tempo, jovens como aqueles garotos que, aqui pertinho de casa, fundaram o Botafogo.

Todos nós, como Garrincha, escrevendo glórias com pernas tortas e impossíveis como a vida; guardiãs do segredo, dos mistérios. Deus não anda em linha reta; Xangô, orixá da justiça, imerso em sua vaidade, botou fogo na sua aldeia e definiu a própria tragédia.

A fé nos ancestrais me fez resistir aos vinte anos sem um reles título carioca. Sempre disse que, antes de qualquer outra qualificação — carioca, jornalista, escritor —, sou Botafogo. O figurino me servia com perfeição, mesmo nos momentos mais difíceis. Procuro, aqui, usar o verbo num passado. Hoje, pela primeira vez na vida, diante da sequência de quase inacreditáveis fracassos, depois do que aconteceu há pouco — a perda do mais que previsível título brasileiro —, talvez sinta a necessidade de algum rompimento com a lógica (mais que time, mais que clube) que tanto me fez e me construiu.

Nunca vou deixar de ser botafoguense, mas talvez seja preciso alguma separação, como alguém que, sem perder de todo a crença, sente a urgência de se afastar do destino que deixou nas mãos daqueles deuses.

É quase impossível combinar racionalidade e fé, mas é preciso tentar não se tornar escravo de um culto que teima em ressaltar minhas limitações e meus fracassos, que me puxa para um abismo.

Acredito que, um dia, o Botafogo vai ressuscitar. Como no mito de Xangô, sobreviverá ao próprio suicídio. Mas, diferentemente dos deuses, não sou imortal, tenho apenas uma vida. E, em nome dela, preciso tentar dizer que sou botafoguense, mas não sou o Botafogo.

Não vai ser fácil, mas é preciso tentar. E, de maneira contraditória (o preto, o branco...), agora me dou conta de que estou sendo dramático como são, como somos, os fiéis da Estrela Solitária. Vou tentar, prometo que vou.

O cobrador dos estádios

Meio arriscado cravar, mas suspeito que o torcedor tradicional está perdendo lugar para uma outra figura, o cobrador. Aquele sujeito que vai pro jogo menos pra torcer e mais pra comemorar, que vê numa vitória não o resultado de um esforço coletivo, mas o cumprimento de uma obrigação.

Talvez a elitização dos estádios tenha contribuído para essa radicalização. O torcedor que vai às tais arenas é mais endinheirado que os antigos arquibaldos e geraldinos. É alguém acostumado a ter o que classifica de vitórias em sua vida pessoal, e quer que seu time contribua para reforçar esse sucesso. Como o sujeito que compra ações, ignora o risco desse mercado e exige um rendimento sempre crescente.

Na minha longa carreira de torcedor, presenciei vaias, protestos, xingamentos de uma torcida para jogadores de seu clube. Lembro de protestos organizados, daquela história de torcidas pendurarem faixas de cabeça pra baixo, de uma ou outra invasão de centro de treinamento, dos malucos que jogaram chinelos e até uma muleta no acanhado estádio de Marechal Hermes, onde o Botafogo andou exilado.

Mas, agora, tenho a sensação de que o protesto virou norma. E tome "Time sem-vergonha" pra cá, "Queremos raça" pra lá. Treinadores que não apresentam resultados em pouquíssimo tempo — um mês, dois meses — são questionados de maneira dura, ofensiva. Uma derrota faz com que torcedores/cobradores invadam aeroportos pra xingar os jogadores.

Esse movimento coincide com a tendência de escantearmos um pouco a seleção brasileira. Há algum tempo que a paixão despertada pela equipe não é mais a mesma. Pode ser pela falta de títulos, pelo fato de trazer muitos jogadores desconhecidos, que fizeram toda a sua carreira fora do país. O uso da camisa amarela como uniforme político também agravou esse distanciamento.

Pode ser também que isso tenha a ver com um processo mais egoísta, de afastamento do coletivo, de priorização do indivíduo, fenômeno compatível com recentes guinadas no pensamento de boa parte da sociedade. O que se busca é a vitória pessoal, e não de uma categoria. Torcer por um clube, por mais popular que seja, é mais exclusivo do que apoiar um time apoiado por 220 milhões de pessoas.

Se a vitória é o único objetivo possível, por que torcer por quem perde? por que apoiar um time derrotado?, por que sofrer? A lógica cobradora contaminou mais ricos e mais pobres; turbinou a violência de torcidas organizadas, dispostas a eliminar os que torcem por outro time.

Certo de que tem um crédito, esse novo torcedor trata de cobrá-lo. "Eu não pago mais nada, cansei de pagar!, gritei para ele, agora eu só cobro!", parecem dizer torcedores de hoje, que assim repetem um famoso cobrador da literatura brasileira, aquele criado por Rubem Fonseca, homem que, armado, comete homicídios e outros crimes para receber o que considerava lhe ser devido.

"Tão me devendo colégio, namorada, aparelho de som, respeito, sanduíche de mortadela no botequim da Vieira Fazenda, sorvete, bola de futebol"; "A rua cheia de gente. Digo, dentro da minha cabeça, e às vezes para fora, está todo mundo me devendo!", escreveu Rubem Fonseca.

"Tão me devendo vitórias, campeonatos brasileiros, copas do Brasil, Libertadores, Mundial de Clubes, tão me devendo goleadas, dribles desconcertantes, tão me devendo", parecem dizer os cobradores dos estádios. Um comportamento que assim faz com que o futebol deixe de ter sua talvez mais curiosa característica, a de fazer uma permanente tabelinha com a vida, esse jogo cheio de surpresas, empates, derrotas — e, ainda bem — vitórias.

Final

Nem sei se acreditava mesmo no que dizia ao, em julho de 2024, afirmar para o motorista do carro de aplicativo em Buenos Aires que, em novembro, eu voltaria à cidade para acompanhar o Botafogo na final da Libertadores. Lembro até que perguntei para que lado ficava o Monumental de Núñez, provável palco da decisão — seria bom ter algumas referências geográficas.

Apesar da boa campanha no Brasileiro, o rendimento do time no principal torneio das Américas estava assim-assim. Havíamos passado com alguma tranquilidade pela pré-Libertadores, mas a fase de grupos foi meio esquisita. Tínhamos um técnico novo, o Arthur Jorge, que mostrava serviço ao organizar uma equipe mais ofensiva, ainda meio desequilibrada. Na próxima fase, iríamos encarar o Palmeiras, aquele que, em 2023, nos apontou o cartão verde em direção ao inferno: o ano anterior ameaçava ser um daqueles intermináveis, que, dali pra frente, em momentos de euforia, surgiria diante de botafoguenses para, como um coro de tragédia grega, lembrar-nos de uma danação eterna que nos estaria destinada.

Mas até de forma irônica, 2023, de tão catastrófico, serviu como uma espécie de referencial e, até, fonte de estímulo. Como alardeou o palhaço Tiririca em sua primeira campanha para deputado, pior não ficaria, o poço tinha um fundo. Depois do vexame de o Botafogo entregar um título impossível de ser perdido, resolvi acabar com (quase) todos os óbvios cuidados que marcavam minha sensata e neurótica relação com o time que sou, que me define.

Ao longo de 2023, apesar de nosso escandaloso favoritismo, alvinegros, quando nos encontrávamos, não dizíamos, de maneira completa, a frase que predizia a certeza do título brasileiro. Naquele ano, diferentemente do que reza o último verso de uma de nossas músicas de arquibancada — "Seremos campeões!"—, verbalizávamos apenas a primeira parte do vaticínio: "Seremos...". A palavra "campeões" era então substituída por vergonhosas, melindrosas e covardes reticências, sinal gráfico que costuma traduzir incompetência, ironia capenga e pobreza de estilo. Em dezembro de 2023, merecemos cada um dos três abomináveis pontinhos.

Estava farto do botafoguismo comedido, bem-comportado, funcionário público com livro de ponto expediente, protocolo e manifestações de apreço ao pessimismo. Em meados de 2024, de volta da viagem às profundezas, diante dos primeiros sinais de que tínhamos um bom time, passei, para o espanto, horror e esconjuros de companheiros de fé, a gritar e a escrever nas redes: "Seremos campeões!".

Alguns reagiam como velhas carolas ao ouvir o nome do capiroto — benziam-se, entortavam a cara, balançavam a cabeça. Traduziam assim o desespero daquele Orfeu que incorporamos no ano anterior. Personagem inseguro, marcado por fracassos pretéritos e ansioso para tocar a taça, decidira descumprir o trato com os deuses para confirmar que o paraíso era logo ali: olhou pra trás como quem confere os segundos que faltam para o fim da partida, e, distraído, tomou o gol da virada. Hades e Perséfone, os tais deuses, nem precisaram consultar o VAR para matar o objeto de nosso amor — e lá se foi Eurídice.

Mas, passados alguns meses, viúvo do Brasileirão, com a lira ainda meio desafinada e arranhada pelo fracasso, tomei coragem e enderecei para o casal de deuses gregos o grito imperativo que todas as torcidas reservam para os árbitros, que aqueles dois estraga-prazeres tratassem de procurar outro para impor condições à minha felicidade, à minha ressurreição. A Taça Libertadores eu iria ganhar.

Durante alguns meses, vivi a liberdade dos que não creem, que não prestam contas a seres invisíveis. Estimulado pelos meus filhos, comprei passagem para Buenos Aires antes do primeiro jogo da semifinal, aquele do 5 a 0 no Peñarol. Como prometi ao tal motorista, voltei a Buenos Aires. Experimentei algo inédito para um torcedor do Botafogo, o de ser maioria e otimista ("Uh, tá maneiro/ Meia dúzia de mineiro", cantávamos para os pequenos grupos de atleticanos que circulavam pelas ruas portenhas, mais perdidos do que quando, nas férias, encaram ressaca nas praias de Cabo Frio e Guarapari).

Mas, aos 29 segundos de jogo, Hades e Perséfone mostraram que estavam vivos. Irônicos, atualizaram a vingança — dessa vez, puniam nossa ambição de olhar para a frente. Levantaram o pé do Gregore e o encaminharam para a cabeça de um jogador de nome Fausto, que — apurei depois —, ainda no vestiário, refizera seu pacto com Mefistófeles. Era hora de batermos nossos tambores, recuperarmos as forças de nossa numerologia particular. Valei-nos, Carlito Rocha, Biriba e Garrincha.

Com a 7 de tantos de nossos deuses, Luiz Henrique abriu o caminho que seria confirmado pela 13 de Alex Telles e pelo gol de um Júnior Santos que outra vez incorporava Jairzinho, outro santo de nossa perene devoção. Eurídice recuperou a vida, os sons da lira de Orfeu ocuparam o Monumental, nos embalaram noite adentro e despacharam pra bem longe o demônio alemão e o casal mala de deuses gregos.

Os títulos das seções fazem referências a músicas, poemas e textos de Carlinhos Bagunça, Carnaval, H.O./ Patrício/ Zé do Cavaco (autores do samba-enredo da Beija-Flor de 1985), Abel Silva e Sueli Costa, Carlos Drummond de Andrade, Affonso Romano de Sant'Anna, Adriana Calcanhoto, Ana Terra e Angela Ro-Ro e Paulo Mendes Campos. As crônicas "Meninos que não chegam mais ao Maracanã", "O cobrador dos estádios" e "Final" citam, respectivamente, "O cobrador", de Rubem Fonseca, "Menino-que-chega", de Armando Nogueira, e "Poética", de Manuel Bandeira.

Agradecimentos

Os queridos amigos e companheiros de livros e bares Alvaro Costa e Silva — o Marechal —, Luiz Antonio Simas, Marcelo Moutinho, Rosa Amanda Strausz e Sérgio França aceitaram brincar comigo na gravidade reduzida da crônica. Thaís Velloso, mais uma vez, ajudou a colocar tudo na órbita correta.

A todos, muito obrigado.